두 발로
쓰는
시詩

시인축구단
굴발
창단 30주년 기념 엔솔로지

두 발로
쓰는
시詩

시인들이 축구를 한다고 말하면 거의 웃었습니다.

넘어지고 쓰러져도 다시 일어나 힘차게 공을 찹니다.

건강하고 튼튼해지는 만큼 더욱더 좋은 시를 씁니다.

도서출판 북인

30년 또 30년,
그 후를 꿈꾸며

30년 세월은 격정의 세월이었고 걱정의 세월이었다. 어디로 튈지 모르는 축구공 하나로 뭉쳤으나 시 정신은 치열했으므로 글발 회원에게 나날은 시에 전념하는 시 요일이었으나 어쩌다 오는 '토요일이면 지구를 걷어차고 싶다'는 구호를 앞세우고 함께 어울려 지금껏 시와 함께 공을 차며 숨 가쁘게 달려왔다.

세상에 애경사가 있듯이 글발에 애경사가 있을 땐 혈육처럼 달려가 함께 기뻐하고 함께 슬퍼하던 시간이 주마등처럼 흘러간다. 시도 시이지만 살아가는 데도 늘 성실한 글발 회원을 보면 감동으로 눈시울이 뜨거워진다. 오합지졸 같으나 오래 이뤄온 글발이란 연대감으로 지방에 내려가 공을 찰 때면 공을 함께 찰 수 없으나 동행하는 회원과 지방에 있어 자주 글발에 모일 수 없었기에 수박이나 닭튀김, 복숭아를 사 들고 반갑게 나타나는 그들의 애정을 볼 때 왜 개성 강한 시인들이 그것도 30년이란 긴 세월을 동고동락하는지 이유를 알 수 있다.

어느 단체도 30년 가까운 시간을 함께해오기란 쉽지 않다. 그러나 우리 글발이 함께해온 30년, 그리고 우리는 또 30년 그 후의 30년이 연연히 이어지길 바란다. 요즘 추세는 옛날처럼 공을 열심히 차거나 공에 열광하는 시인이 많지 않다. 옛날에는 자라는 과정에서 누구나 초등학교 운동장에서, 중학교, 고등학교, 대학교 운동장에서 놀이가 부족해 공을 차는 것을 좋아했다. 성장해 서로 다른 직업을 가졌더라도 모이면 어릴 때 공을 찼던 이야기, 대부분 사람은 젊었을 때는 자기가 사는 지역의 조기축구회에 가입해 공 차기를 원했다. 그러나 차츰 공을 차는 젊은 시인이 줄어들어 이와 맥을 같이해 글발의 명맥 유지가 힘들지 않나 생각하지만 한번 글발은 영원한 글발이고 영원할 글발이다. 공을 찰 수 없으면 마음을, 꿈을 드리블하며, 패스하고 골을 넣는 과정이 끝없이 이어질 것이다. 지금도 글발 회원의 얼굴이 하나둘 떠오른다. 잊히지 않을 뿐더러 영원히 함께하고 싶은 얼굴들이다.

30년 또 30년, 그 후에도 글발 유니폼을 입고 시인들이 공을 차며 함께 땀 흘리며 그들의 울력으로 지구를 더 새파란 꿈의 고도로 뻥 차올릴 것이다. 끝으로 한 단체가 유지된다는 것은 다사다난이 뿌리와 같으므로 더 많은 문학적 일을 저지르고 글발의 전통으로 무두질하고 담금질해 이 시대의 시인으로 문인으로 누구나 우뚝 서기 바란다.

2021년 9월 9일
시인축구단 글발 단장 김왕노

차례

Part I / 전반전

● ● ●

산문

Part II / 후반전

Part III / 연장전

Part I 전반전

'고통의 축제' 축구를 즐기는 이유는 스포츠가 취미가 아니라 중독이기 때문이다. 몸이 시가 되는 축제랄까. 그에 따른 희생이 만만치 않으니 카니발리즘 같기도 하다.

봄의 환幻

강수
1998년 『현대시학』으로 등단. 시집으로 『서사시 대백제』, 포토포엠 시집 『봄, 꿈발전소』, 오페라 리브레토 <오페라 운영>, <국악 오페라 이도 세종> 등이 있다.

마약 같은 봄이 왔고
사람들은 흘러간 유행가처럼 또다시 봄을 노래했다
모든 것이 일사분란하게 이뤄졌다
기막힌 각본에 맞춰 꽃망울은 피어났고
적절한 시간에 꽃잎을 날리며 떨어졌다
고장난 CCTV는 순식간에 교체되었고
질서를 깨뜨리는 오류는 바로바로 수정되었다
모든 것이 완벽했으나
자기 배역을 거부한 사람들을 솎아내는 작업은 계속되었다
봄의 중독을 견디지 못한 사람들은
한강 다리에서 뛰어내리거나
교통사고를 당하거나
불치의 병에 걸리는 형태로
스스로 자신의 배역을 내려놓았다
해마다 좀 더 완벽한 세상이 만들어지고 있었지만
그것이 사람들의 삶을 완벽하게 만들지는 못했다
태어나면서 처음 정해진 배역은 쉽게 바뀌지 않았고
봄이라는 꿈은,
내일이라는 희망은,
치료할 수 없는 바이러스가 되어서
세상을 망가뜨리고 있었다.

겨울에 지친 사람들이 진짜 꽃의 혁명을 일으킬까 두려워
크고 무서운 손이,
나프탈렌으로 빚은 꽃송이들을 세상에 매달고 있었다.
마약처럼,
우리는 나프탈렌 향기 나는 봄에 취하여
봄은 애초부터 이 세상에 존재할 수 없다는 것을 애써 외면
하고 있었다.

겨울의 환幻

꿈은 이뤄지지 않았고
우리의 행복은 늘 내일에 살고 있었네

꿈의 노예가 되어,
우리들은 영원히 내일에 도착할 수 없었고
내일을 위해,
버려져야 하는 오늘은,
늘 고통스러웠네

우리가 심은 씨앗이 싹을 틔우기 위해서는
겨울이,
뼛속까지 꽝꽝 언 겨울이 있어야만 한다는
행복한 미신迷信들이
우리를 위로해주었네

단 한 사람도 새싹이 꽃을 피우는 내일에
살아남은 사람은 없었지만,
없을 것이지만,
있을 수도 없는 것이지만,

거대한, 누군가가

짜준 각본의 배우처럼
우리는,
한 치의 어긋남이 없이
당연하다는 듯이
중독된 꿈을 연기하고 있었네,

해맞이

아이야,
떠오르는 해의 배경은 왜 어둠이어야 하는지 아느냐

아이야,
어둠을 견뎌내지 못한 사람은 왜 저 해를 보지 못하는지 아
느냐

아이야,
사람이 왜 어둠 앞에서 두 손 모으고 간절해지는지 아느냐

아이야,
왜 어둠 앞에서 우리 가슴이 쿵쾅 소리를 내며 용솟음치는
지 아느냐

보잘것없는 삶들이 모이고 모여 세상을 움직이고

조그만 웃음소리들이 모이고 모여 하늘을 이루고 있으니

덩실덩실 춤을 추며, 이제는 웃으며 살아야겠다

아이야.

나는 그 저녁에 대해

고영민

1968년 충남 서산 출생,
2002년 『문학사상』으로
등단. 시집으로 『악어』 『공
손한 손』 『사슴공원에서』
『구구』 『봄의 정치』가 있
다.

저녁 무렵
대문 앞에 와 구걸을 하던 동냥아치가
마당에 놀던 어린 내게
등을 내밀자
내가 얼른 그 등에 업혔다고

누나들은 어머니 제삿날에 모여
그 오래된 얘기를 꺼내
깔깔거리고
내가 맨발로 열무밭 앞까지 쫓아가
널 등에서 떼어냈단다

오늘도 어김없이 남루한 저녁은
떼쓰는 동냥아치처럼 대문 앞에 서서
나를 향해 업자, 업자
등을 내미는데

정말 나는
크고 둥글던 그 검은 등에
덥석,
다시 업힐 수 있을지

기어가는 기분

뱀을 보았다

뱀은 햇볕이 쨍쨍 내리쬐는 낮은 풀들 사이를
꼿꼿이 선 채
걸어가고 있었다

길고 검은 그림자 하나가
같은 보폭으로 기어가고 있었다
끈이 풀린 것처럼

나는 갈림길에 서 있는다

일가一家

아침나절 물가로 나갔던 거위들이
줄지어 집으로 돌아가고 있지
나는 조용히 그걸 바라보고 있지
어김없이 울타리를 돌아
풀이 우거진 돌배나무 곁을 지나
말뚝을 지나
저녁의 어두운 마당을 지나
왔던 길 그대로
인색하게, 아주 인색하게
바깥에서 안으로, 안으로
어디에도 한눈팔지 않고
고스란히

엉덩이를 흔들며
한 발 한 발 거위 속으로 들어가는
一家

누군가 창문을 조용히 두드리다 간 밤

김경주
2003년 대한매일(현 서울신문) 신춘문예로 등단. 시집으로 「나는 이 세상에 없는 계절이다」 「기담」 「시차의 눈을 달랜다」 「고래와 수증기」가 있다.

불을 끄고 방 안에 누워 있었다
누군가 창문을 잠시 두드리고 가는 것이었다
이 밤에 불빛이 없는 창문을
두드리게 한 마음은 어떤 것이었을까
이곳에 살았던 사람은 아직 떠난 것이 아닌가
문을 열고 들어오면 문득
내가 아닌 누군가 방에 오래 누워 있다가 간 느낌

이웃이거니 생각하고
가만히 그냥 누워 있었는데
조금 후 창문을 두드리던 소리의 주인은
내가 이름 붙일 수 없는 시간들을 두드리다가
제 소리를 거두고 사라지는 것이었다

이곳이 처음이 아닌 듯한 느낌 또한 쓸쓸한 것이어서
짐을 들이고 정리하면서
바닥에서 발견한 새까만 손톱 발톱 조각들을
한참 만지작거리곤 하였다

언젠가 나도 저런 모습으로 내가 살던 시간 앞에 와서
꿈처럼 서성거리고 있을지도 모른다는 생각

이 방 곳곳에 남아 있는 얼룩이
그를 어룽어룽 그리워하는 것인지도

이 방 창문에서 날린
풍선 하나가 아직도 하늘을 날아다니고 있을 겁니다
어떤 방을 떠나기 전, 언젠가 벽에 써놓고 떠난
자욱한 문장 하나 내 눈의 지하에
붉은 열을 내려보내는 밤,
나도 유령처럼 오래 전 나를 서성거리고 있을지도

메아리

한번 혹은 여러 번 나는 실패했다 어두운 산이 흩어져 있는 내 몸은 차다 저녁은 바람에게 늘 진다 눈을 감으면 구름에게도 질 수 있다 나는 지상의 실패가 아닌 새들의 실패를 기록한 자이다 새들의 가슴으로 들어가는 밤하늘을 쓰려는 자다 저녁에게 지고 싶은 내 눈동자는 첫눈을 타고 올라가기도 하고 첫눈이 제일 먼저 쌓여 아무것도 보지 못할 때도 있다 내 몸은 지상에서 제일 늦게 사라지는 구름이 남기고 있다 나는 한번 혹은 여러 번 실패했다 밤하늘에서 돌아온 첫 번째 손가락은 폭풍이 되기도 하고 두 번째 손가락은 노란 코끼리가 되기도 했다 밤하늘이 내려와 내 손가락과 발가락이 붙어 만든 고드름들, 이 슬픔에도 실패했다고 할 수 있을까?

홍수가 시작되자 돼지 한 마리가 내 몸을 떠내려간다 꽥꽥 입을 벌리고 내 몸을 떠내려간다 하수돗물을 퍼마시고, 상수도 똥물을 뱉으며 떠내려간다 아무도 내 몸에서 돼지를 더 이상 사육할 수 없다 돼지는 실패한 살코기가 되어 내 몸을 떠내려간다 돼지의 울음만큼 슬픈 것도 드물어 나는 귀를 막고 돼지를 외면하려고 밤하늘을 바라본다 내가 마신 물들은 밤하늘에 닿을 수 없다 나는 한번 혹은 여러 번 실패했다 돼지가 내 몸을 떠내려가는데 새들은 홍수에 떠내려가는 돼지들을 물어올릴 수 없다 새들은 내 몸에 발가락만 적시다 간다

    저녁마다 나는 슬픔에게 진다 내 몸은 구름과 고드름을 가
득 사육했지만 그들로부터 더 멀어진다 밤하늘은 내 몸에서
가장 멀리 붙어 있는 새의 일부라 믿은 적도 있다 내가 마신
그 많은 하늘들은 모두 무엇이었을까 눈을 감으면 이제 슬픔
에게도 진다 내 몸에 내려와 내 피를 마시고 죽은 새들은 이
제 누구의 첫눈도 아니다 슬픔에 실패해버린 나는 너무 슬퍼
서 구름과 고드름과 새의 일부가 될 수 없다 내 몸이 흩어진
산에는 너의 일부도 없다 메아리는 떨어져 날아간 눈사람의
뺨처럼

노숙露宿

아침에 이불을 털면 이슬이 떨어진다. 사슴 한 마리가 어젯밤 내 이불로 들어와 잠들었기 때문이다.

갓 태어난 사슴은 자신이 꽃이라고 생각한다. 이슬을 콧등에 올리고, 숨이 차오르도록 꽃은 뛰어다녀야 하기 때문이다.

사슴과 이슬은 둘 다 침을 흘리고 잔다. 누군가 자기 옆에 와서 자도록 가만히 내버려두었기 때문이다.

김광호

1984년 출생. 2020년 『문학사상』으로 등단.

별 개의 별과 별개가 아닌 일과

오랜 동굴 속 나의 친구야.

천장이 수 세기 흘린 눈물자국이 종유석으로 자라고 종유석의 모양은 우리가 가지고 노는 공을 터트리기 위해 다가오는 바늘 같았지만

여긴 암흑 동굴이니까. 동굴을 이해하기엔 아직 어린 우리니까. 우리가 함께 가지고 놀던 공이 얼마나 무질서한가에 대하여 이해 못한 우리니까. 그래서 우리의 동굴도 무질서한 공처럼 어디론가 굴러가고 걷어차이는 중이라는 걸 아직 모르는 걸까,
  공을 가지고 열심히 놀아도 공의 방향은 잘 모르는 우리라서

공을 주우러 뛰어간 친구가 돌아오지 않았다. 공은 계속 내 손에 들려 있었고
  돌아오지 않는 친구가 멀리서 유구하게 빛나고 있으므로

동굴에 벽화를 그리는 일로 너에게 편지를 써. 암흑 속에서 편지를 쓰는 일로 탄생하는 너를 세어봐. 잠을 잘 때 누워서 자는 이유와 종유석이 자라는 이유가 똑같다는 걸 너도 이제

는 이해했을까.

그때 우리가 잃어버린 공도 언젠가 종유석에 찔리겠지. 나
는 터진 공을 바라보면서 컴컴한 동굴 속에서 무언가를 바라
보는 일이 무슨 의미가 있었나 생각하겠지. 친구와 벽화와 편
지와 감은 눈과 그리고 무수한 별은 공 속에 채워진 동그란 바
람이었을까. 바람,

텅텅 빈 운동장에 홀로 남겨진 낡고 바람 빠진 공을 주워 집
으로 돌아온
친구가 그랬다
'오늘 밤 운동장에는 사람이 많더라.' 그러는 친구와 함께
바람 빠진 공에 다시 별 개만큼 바람을 채운다
그건 둥근 태양이 떠오르는 일만큼 우리에겐 중요한 일이
었고
가장 빛나는 일과 중에 하나라고 믿었다.

몽당의 잠

어떤 연필은 연필심 때문에 사라지는 것 같다

어젯밤에도 홀쭉한 잠을 깎아
필통 속에 넣어두었습니다

학교에 가면 공책을 펼치고 뾰족한 잠을 잤습니다
잠속에서
한 다스의 검은 뼈를 가진 사람을 만났습니다
전할 말이 있다고 했습니다

연필깎이 속에 들어간 연필의 얼굴처럼
눈을 가리면 안전하다고 믿는 동물처럼
잠을 깨고 나면

다 닳은 빛과
정오의 필체로 빛이라 적어둔 페이지

편지라고 했습니다
읽으라고 했습니다

잠속의 사람에게

언제 정오의 필체를 배웠나
어떻게 연필을 쥐고
무엇으로 빛을 알았나

그날 밤도 잠을 다 깎아 답장을 쓰고

학교에 가면 서둘러 잠을 자려고 했습니다. 마침 책상에서
굴러떨어진 연필 소리가 울리지 않았더라면,

아무도 줍지 않는 연필을 줍고
아무것도 쓰지 않는 공책에는
결국 써야 하는 글이 있다는 걸 몰랐더라면
한 다스의 뼈가 한 다스인 채로.

24시간 소년물

삶과 죽음 사이 어딘가에 꽂혀 있다는 파노라마를
잔뜩 진열해둔 곳을 찾았어

우리 동네 만화방
22시가 지나도 쫓겨나지 않는 사람이 되어

밤새 파노라마를 본다

컵라면을 끓여 먹으며
흰 우유는 싫어서
탄산음료를 꼬박꼬박 챙겨 먹고

인생의 끝에서 시청해야 할 교육방송을
나는 너무 일찍 그리고 오래 시청하고 있다는 기분

악당들은 에피소드마다 죽고 평화는 그렇게 지켜지는 거고
그런 악당들이 있어서 만화방은 그렇게 지켜지는 거고

그런데 악당들아, 죽기 전에 본 파노라마가 얼마나 재미있
길래 자꾸 세상에 나타나는 거니
다음엔 나 좀 빌려줄래

책상에 앉아 있으면 엄마께 용서받는 일이 쉬웠지
이건 아무래도 악당의 대사 같은데

학교 가는 버스에 앉아 바라본 풍경에는
악당이 없는데도 소란은 일고

소란 속에 한 소년이 서 있었지

버스 창가 자리에 앉은 나를 바라보는 저 소년은
나를 한 장씩 넘겨보는 것 같아

벗어날 수 없는 프레임과
벗어날 수 없는 넘김들

그 속에서 평화를 지키기 위해 내가 할 수 있는 일이란

TV는 앉아서 보기
손톱 물어뜯지 않기

열심히 평화를 지키며 죽어가고 있었는데
부모님은 여태 집에 돌아오지 않았다

완결된 만화책을 다시 펼친다.

*시작 노트: 지금까지 한번도 만화방을 가본 적이 없다. 요즘 만화를 보면 선과 악의 구분이 모호하다. 만화방에 가서 악당들의 이야기를 좀 더 들여다 보고 싶어졌으나 아마 평생 만화방에는 가지 않을 것 같다. 그렇게 나는 영 원히 소년물로

수영약국

김두안

2006년 한국일보 신춘
문예로 등단. 시집으로
『달의 아가미』 『물론의 세
계』가 있다.

새가 드나들어
꽃이 핀다
가지가지 가지에 일요일이 터진다

뭘 보여줄까
흔들리는 것

파르르르 빛이 쏟아지고 있어
너의 이름에서 거짓말이 보여

수영약국 앞에 잠든
아이는
당신이 가져가

우리의 잘못은
지금이 적당해
그만
그만

너의 기도 위에는
어깨 아픈 새가 앉아 있어

뭘 보여줄까
같이 흔들리는 것

우리는 거리의 나무야
가지, 가지에
잘못이 드나들어 꽃이 핀다

수영약국 앞에
잠든 아이가
저녁으로 걸어간다

물론의 세계

피아노 속에서 음악이 흘러나온다
음악의 얼굴은
고요가 지워진 32세
흰 블라우스와 우아한 꽃무늬 치마를 입었군

음악이 유령처럼
떠다니는 동안
방 안에 향수 냄새가 난다

나는 기록한다 외로움이 죽어서 음악을 찾아왔다 그러나
음악 속에 가득 유폐된 눈물들, 음악의 투명한 머리카락이 자
라나 나는 눈을 감는다

음악이 내 슬픔을 본다, 멈추어다오
내가 살아가는 이유는, 다만 안 된다고

피아노 속에서 비가 내린다
고양이가 나를 듣는다
누군가 피아노 속에 지독한 사랑을 숨겨놓았군

그래요 "난 사랑을 들켜버렸어요"
음악의 목소리가 쉼표처럼 떨린다

난 피아노 속에서 흘러나온 고독이란 책을 읽는데 왜 기억
들은 자꾸 빗물에 젖는지 몰라

다시 음악이 자신의 악보를 접고 피아노 속에 공손히 내려
앉아 잠이 든다

빗속을 홀연히 떠도는
저 비음은
울음일까 노래일까

그러니까 "난 괜찮아요"
우리는 물론의 세계니까

나는 음악을 깨워 밥을 먹고
방 안에 촛불을 켠다
내 음악은 죽은 지 너무 오래됐다

꽃들아! 말해줘

가끔 뱀은 허물을 벗고 꽃이 되지
꽃은 눈이 많아 눈물 속에 살지
내가 안녕! 안녕!
꽃을 부르면
참 할 말이 많았는데……
꽃은 뒤돌아보다 슬픔까지 걸어가지
두 갈래 혀로 눈을 만지는
꽃들아! 말해줘
입술을 깨물고 별이 되는 꽃들아! 말해줘
난 아직 어른이니까
눈가에 흐르는
안녕을
어떻게 닦아내는지 말해줘!

김상미

부산 출생. 1990년 『작가
세계』로 등단. 시집으로
『모자는 인간을 만든다』
『검은, 소나기떼』『잡히지
않는 나비』『우린 아무 관
계도 아니에요』가 있다.

똥파리*

　　영화 〈똥파리〉를 보았다. 〈똥파리〉 속에는 '시발놈아'라는
말이 셀 수 없이 나온다. 그리고 그 말은 보통 영화의 '사랑한
다'는 말보다 훨씬 급이 높고 비장하다. 지랄 맞게 울리고 끈
질기게 피 흘리는 그 영화를 다 보고 나와 아무도 없는 강가에
가 소주 한 병을 마셨다. 그리고 목이 터져라 '시발놈아'를 스
무 번쯤 소리쳐 불렀다. 그랬더니 내 가슴 안 피딱지에 옹기
종기 앉아 있던 겁 많은 똥파리들이 화들짝 놀라 모두 후두둑
강물 위로 떨어졌다. 시발놈들!

*양익준 감독의 영화.

슬픈 오렌지

빛 속의 오렌지
그늘 속의 오렌지

파란 하늘 아래 오렌지
푸른 풀밭 위의 오렌지

노란 레몬 옆의 오렌지
검은색 문 앞의 오렌지

그녀를 닮은 오렌지
그의 심장 같은 오렌지

버드나무에 부는 봄바람처럼 달콤한 오렌지
그 안에 꿈꾸듯 누워 있는 오렌지

하염없이 구르다 구르다
그 속도에 놀라 나이를 잃어버린 오렌지

각운처럼 무모하게 가지고 놀다
뼈아프게 놓쳐버린 오렌지

네가 내 눈 속에서 꺼내
미친 먹구름 속에 던져버린

언제나 상큼해
슬픈 오렌지

FC 바르셀로나

심판이 휘슬을 불었다. 새벽 3시. 나는 쓰고 있던 원고를 접고, TV 앞으로 간다. FC 바르셀로나 경기. 리오넬 메시와 수아레스, 이니에스타, 네이마르가 있는 팀. 요즘 내가 가장 좋아하는 사총사. 그들의 발끝에서 폭발하듯 격렬하게 시작되는 공, 공, 공의 윤무. 숨막힐 듯 내지르는 공, 공, 공의 탄성들. 그 사이로 오른발에 공을 박고 뛰는 이니에스타. 그 공을 받기 위해 달리는 메시와 네이마르와 수아레스. 그들이 상대방 선수들을 무시하듯 나도 상대방 선수들을 무시하고 그들을 따라간다. 내가 응원하는 팀은 바르셀로나. 그리고 그것은 이 시간이 내게 주는 유일한 희열. 오직 공만을 주시하고 노려보는 주전 공격수도 사방으로 흩어져 공을 기다리는 부지런한 수비수들도 뜬눈으로 응원하는 나를 위해 멋진 골을 선물해야만 한다. 축구 역사상 가장 뛰어난 철학자, 요한 크루이프식 토털사커를 바르셀로나식 토털사커로 바꿔 멋지게 내게 보여주어야 한다. 찬스는 논리적인 것이다. 내가 먼저 뛰어야만 공도 나를 따라 뛴다. 발보다 먼저 두뇌를 회전시켜 아무도 존재하지 않는 공간을 향해 피의 속도를 올리고 압박해야 한다. 절대 손을 써선 안 된다. 축구는 발을 위한 경기. 현재 나의 발은 리오넬 메시의 발. 그는 바르셀로나의 살아 있는 레전드. 두 발의 문명, 두 발의 종교다. 그는 이곳에서 317경기를 뛰고 286골을 넣었다. 그 누구도 그의 공을 막지 않고는 승리할 수 없다. 축구는 창작이다. 두 발로 쓰는 시. 나는 그들을 바라보는 것이 너무나 행복하다. 축구공과 함께 달리는 그들의 군무. 그 놀라운 육체노동! 그들의 존엄성은 언제나 골인과 함께 더욱 빛이 난다. 골인! 골인! 그리고 또 골인!

*이 시는 2016년 메시, 네이마르, 수아레스, 이니에스타가 FC 바르셀로나에서 함께 뛸 때 쓴 시이다. 2013년에서 2017년까지 나는 밤을 새우며 그들의 경기에 환호했다. 그러나 지금(2021년)은 이 팀에 아무도 남아 있지 않다. 2021년 8월, 메시마저 바르셀로나를 떠났다.

우두커니

김승기

경기 화성 출생. 2003년
『리토피아』로 등단. 시집
으로 『어떤 우울감의 정
체』『세상은 내게 꼭 한 모
금씩 모자란다』『여자는
존재하지 않는다』『역』이
있다.

잔뜩 하늘이 흐려 곧 비가 쏟아질 것 같다
어제도 이러다 찔금대더니
잔디와 나무가 타들어갔다

색색의 백일홍들은 지금
어질병에 걸렸는지
축 늘어져 있는데

정원에 물을 주어냐 하나.
말아야 하나.

마른하늘에 천둥이 치고
번쩍 번개가 지나간다
의문의 하늘 바라본다

가뭄보다 더 목마른 것은
부질없는 바램

온다.
안 온다.

북극성을 걷다

오늘도 그 자리
한 곳 가리키는
환한 손가락

저렇게, 어둠 속
향도嚮導가 되기 위해서는
부단해야 하리라

북극 칼바람, 수없이
목을 겨눠와도
유유히 앞서는
황도黃道의 날개

먼 길을 걸어온 이는
그 고마움을 안다

며칠 더 걷는 것보다,
방향方向 하나를
잘 놓아야 한다는 것을

세상의 길들이
지워지고 있다

갈팡질팡
그 발길들 위에
빛나는 북극성

역驛

잎사귀 하나가
가지를 놓는다
한 세월 그냥 버티다보면
덩달아 뿌리 내려
나무가 될 줄 알았다
기적이 운다.
꿈속까지 따라와 서성댄다
세상은 다시 모두 역일 뿐이다
희미한 불빛 아래
비켜가는 차창을 바라보다가
가파른 속도에 지친 눈길
겨우 기댄다
잎사귀 하나
기어이 또
가지를 놓는다

달려라, 달려라, 청춘

김왕노

경북 포항 출생. 매일신
문 신춘문예로 등단. 시집
으로 『슬픔도 진화한다』,
『말달리자 아버지』, 『사랑,
그 백년에 대하여』, 『복사
꽃 아래로 가는 천년』 『도
대체 이 안개들이란』 등이
있다.

달린다는 것은 꿈을 드리블하고 패스하는 것
달릴 때는 꽃이 밟힐까 피하고
바람이 다칠까 피하고 벌레를 피하고
달리는 나로
누군가의 세상이 불편할 수 있으므로

하여튼 달려라, 청춘, 꿈의 골인을 위하여
저 어둑한 세월에 구원의 손길 뻗치며
사막 같은 누군가의 가슴에 푸른 빗소리처럼
우우 몰려가는 것, 달린다는 것
나를 초월하고 너를 초월하는 게 아니라
달아난 순수한 나를 찾아, 순수한 너를 찾아가는 것

무엇이 길 막아서도
달려갈 뿐이다, 달려라, 달려라, 청춘

우리가 사랑하는 동안 세상에 비 내렸다

자꾸 일어서려는 꿈을 죽이고
몇 번은 우회전 몇 번은 좌회전으로
끝내는 직진으로 그녀에게 들이닥친다.
아직은 야생의 시간이 가득 피어나 있는
그녀의 가슴을 열어젖힌다.
얼마나 오래 기다려왔던 입궁의 시간인가.
우리가 사랑하는 동안 작은 빗방울이
더 굵어져 빗소리가 창문을 뒤흔들며 간다.
푸른 오르가슴이 우리의 알몸을
산적처럼 꿰고 오래 부르르 떤다.
이제 우리의 문장이 우리가 사랑하는 동안
세상에 비가 내렸다는 말에 물들고
다시 사랑하기 위해 서로를 바라보는 눈에
그리움이 활활 타오르고 있었다.
모든 것이 방전된 채 돌아올 때
그녀에게 갔던 것처럼 몇 번은 좌회전
몇 번은 우회전으로 직진으로 돌아오지만
우리의 사랑이 과히 성공적이었다는 듯
멀리서 하늘이 울리는 팡파르인 천둥소리
비 그친 세상을 뒤흔들어놓고 있었다.
돌아와 달아올랐던 꿈의 시동을 끄고
내일을 다시 기다리기로 했다.

살모사

똥이 끊어지지 않고 길게 나온 날
내가 살모사 어미란 생각이 든다
새끼 살모사가
어미를 물어 죽이기에 얻은 이름
살모사이기에 긴 똥이 내가 갓 낳은
살모사 새끼라는 것, 똥을 누자마자
정신없이 달아나야 한다는 생각
내 입에서 항문까지
속내를 다 아는 놈이라 끔찍하다는 생각
쾌변의 즐거움을 즐기기도 전
달아나야 한다, 달아나야 한다는 생각
나를 존재케 하는 근본인데도 두고
멀리멀리 달아나야 한다는 생각

김점미

2002년 『문학과 의식』으로 등단. 시집으로 『한 시간 후, 세상은』이 있다.

눈오리

밤새 눈이 내렸어 하얗게 쌓인 눈에 뽀도독 발자국 찍고 돌아선 창문턱에서 오리들 놀고 있어 너무 귀여워 너흰 원래 물속에서 놀지 않아? 아니 난 창턱이 좋아 안팎을 다 볼 수 있잖아 우리는 혼자 있는 걸 싫어해 그래, 이렇게 추운 날 호호 하하 난롯가에 모여 손 부비며

네덜란드 설치미술가 플로렌틴 호프만은 강물 위에서 노는 커다랗고 노란 리버덕을 만들었지 일상에 지친 사람들은 호수 한가운데서 리버덕과 바람의 트위스트 추며 놀곤 했지 오늘같이 추운 날엔 얼어붙은 호수에 꼼짝없이 갇혀도 괜찮아

삶의 안팎을 돌아봐 세상이 발전하는 동안 우린 너무 지치고 병들었어 봐, 어느 날 훅- 들어온 바이러스가 일상의 문을 닫게 하고 너와 나의 다정한 만남도 질투하고 하하 호호 손도 못 부비고 최악의 값으로 우리 일상을 구매하게 해 예전 같기만 하다면 사소한 너무나 사소한 보통의 시간이 눈물나게 빛나

누군가 문밖에 놓고 간 오리 새하얀 눈오리들 밤새 수상강하 침투한 그 녀석들과 함께 오늘 아침은 예측불허 행복 폭발에 온 집안 들썩들썩 마음도 살랑살랑

즐거워, 즐거워서 내일도 오리

눈 오리

펑펑

얼굴

이것은 책임에 관한 것이다
시간에 대한
그 시간을 견딘 것에 대한
자신만의 계산법으로 재단된 단 한 벌의 맞춤옷
그 옷은
입는 사람과 밀착되어
한 사람의 피부가 되고
한 사람의 인격이 되고
한 사람의 인생이 되고
마침내 그 사람 자체가 되는

이것은 취향에 관한 것이다
아름다움에 대한
아름다움을 형성한 깊이에 대한
자신만의 기법으로 그려낸 단 한 편의 회화
숭고함과 추함으로 양분된 이데올로기로
명암과 채도와 광도의 섬세한 차이로
물과 기름의 불협화음으로
마침내 그 사람 자체가 되는

이것은 흔적에 관한 것이다
로르카가 달리의 작품에 붙여준 이름 리틀 애쉬*처럼

한 사람의 온전한 기억에 바쳐져
말끔하거나 울퉁불퉁한 시간에 대한
거대한 먼지 속의 먼지
소용 도는 실체의 모퉁이 속으로 고이는
소멸의 길고 느린 자국들
가장 도전적인 창작품
소름끼치게 치밀하고 직접적인
인간의 기록에 관한 것이다

*리틀 애쉬 : 1927년 로르카가 달리의 그림에 붙여준 제목. 2008년 폴 모리
슨 감독에 의해 영화로도 제작됨.

아이로니컬한

알고 지낸 소설가의 수상 소식 기사가 오늘 신문이다

新. 聞. 그러나 나 혹은 당신의 일상에 그런 새로운 소식을
들어야 하는 귀는 낡은 컨테이너 박스 속으로 사라진 지 오래
되었으니 우리 사이에 더 이상 새. 롭. 다. 란 연결고리는 없
어, 하며 하와이로 떠난 애인의 나이도 벌써 중년을 넘었다

인생에 주어지는 상의 개수는 비단옷의 개수만큼이나 장식
적이란 걸 알려준 것도 신. 문. 이다

그런 의미에서 포커스는 해석이라고, 무엇도 미리 보기 안
되는 현실의 충실성에 너접한 평을 붙여대는 이미 충분히 너
접한 평전을 광고한 페이지를 찢는다

오늘의 한 귀퉁이가 날아갔다

버린다는 것은 얼굴에 쌓인 때를 미는 거랑 같아, 라고 생
각하는 순간 얼굴에 얼룩이 생긴다

얼룩 속에 오버랩되는 하와이, 때를 제거한 애인 소식같이
무심한 이야기들이 오늘날 소설이다

小. 說. 그러나 나 혹은 당신의 자잘한 이야기는 한때 인생
의 대륙이었다가 섬이었다가 귀퉁이가 날아간 오늘이었다가
너접한 평전이었다가 손바닥 아픈 박수이기도 하였다가 8×
10㎝의 박스 속에 살다 사라지는 아이로니컬한 인생이기도
하였다가

차마, 붉은

김정수
경기도 안성 출생. 1990
년 『현대시학』으로 등단.
시집으로 『홀연, 선잠』 『하
늘로 가는 허』 『서랍 속의
사막』이 있다.

나 방울토마토로 다시 태어나고 싶어
우아하게
왼손으로 지그시 내 목을 누르고
오른손으로 반쯤 잘라줘
후회가 흘러나오지 않도록

조심해 허공에 매달린 생은 잊어줘
창백한 백지는 말고
납작한 체크무늬 햇빛의 테이블도 말고
뭇별들이 총총히 박힌 접시에 담아
방울방울
빨강을 숲으로 데려가줘

약에 취한 애플과 이화와 공손한 복사꽃 사이로
후생인 양 비가 내릴 거야
비틀거리던 바람이 몸살을 앓으면
날 검은 프라이팬에 살짝 데쳐줘
발소리가 무르지 않도록 조심해

작고 둥근 우울은 잠복기도 없다지
저녁 식탁에서 가장 위험한 건 마르지 않은 욕망이야

아무도 앞에 앉히지 말아줘
포크를 들고 감은 눈을 감고 뜬 눈을
뜨면 야생의 뒷발에 차이던 씨앗이 보일까

예열하지 않은 삶은 쉽게 물러터져
얼굴을 붉혀도 어둠은 스스로 불을 밝히지 않아
병病이 생겨나는 시간으로
날 추방해줘 환생의 징후가 나타나기 전에
식탁에서 내 검은 피를 닦아줘

물의 태엽

저 물 그냥 솟아오르는 게 아니다

좁고 캄캄한 지층에서
어둠과 어둠이 맞물린 톱니바퀴의
쉼 없는 노동 없이는
꿈도 꾸지 못했을 환생이다

뽀얗게 젖은 몸으로
뽀글뽀글 차오르는 저 어린 물들
처음 마주친 햇빛과
바람과 나뭇잎 사이로 스치는 새소리에
얼마나 가슴이 벅찼을까

태백의 검룡소에 잠깐 머문 맑은 생
마냥 아래로
아래로만 흐르는 것은 아니다

재깍거리는 하류의 속성을 억누르는
짧은 순간
보이지 않는 팽팽한 손의 떨림

흐르는 것보다
멈추는 삶이 얼마나 어렵고 서러운지
감지하려는 찰나

가벼이 흐려져 허공을 떠돌기도 하지만
곁길로 접어들어 외톨이가 되기도 하지만

물의 태엽 풀리는 소리에
물은 점점 자란다

입춘立春

함박눈 내려
하나의 색으로 세상이 수런거리자

밤을 낮 삼아
색깔을 구하려 동분서주하는
봄, 남녘에서 북상하는

저 빚쟁이 같은 봄을
내 안에 들이면
우울의 살갗에 잠든 나비 떼
겹겹이 외출을 시도할까

아지랑이 같은 생生을 채집할 수 있을까

함박눈 소담한 물의 소리에
두 귀를 담가
볍씨 같은 울음 틔울 수 있을까

밖에서 나를 찾아
나, 여태
살아 있는 빛깔을 보지 못하였네

김중식

인천 출생. 1990년 『문학
사상』으로 등단. 시집으
로 『황금빛 모서리』『울지
도 못했다』가 있다.

늦은 귀가

　돌아보지 않으면 길이 아니다 지구 반 바퀴를 뜬눈으로 날
아야 하는 철새는 긴 목을 가슴에 비빈다, 얼마나 가야 할지를
따지는 것은 몸 밖으로 나간 정신처럼 얼마나 되돌아올 수 있
을지를 가늠하는 것이다, 아무도 없는 산, 올라갈 땐 괜찮았는
데 왼쪽 무릎뼈가 쑤서 주저앉았다가 한쪽 발로 하산할 때, 나
는 내가 지난 세월에 얼마나 날뛰었는지를 잘 알고 있었으므
로 * 울지도 못했다

---

* "나는 네가 한 일을 잘 알고 있다"(요한묵시록 3 : 1).

다시 해바라기

이 세상만 아니라면 어디라도 가자,
해서 오아시스에서 만난 해바라기
어디서 날아왔는지 모르겠으나
딱 한 송이로
백만 송이의 정원에 맞서는 존재감
사막 전체를 후광後光으로 지닌 꽃

앞발로 수맥을 짚어가는 낙타처럼
죄 없이 태어난 생명에 대해 무한 책임을 지는
성모聖母 같다
검은 망사 쓴 얼굴 속에 속울음이 있다
너는 살아 있으시라
살아 있기 힘들면 다시 태어나시라

약속하기 어려우나
삶이 다 기적이므로
다시 만날 수 있다고
사막 끝까지 배웅하는 해바라기

이 더러운 세상

세상일이 헛돌아
한번쯤 등질 수는 있겠으나
가서 왜 안 나오는 걸까
나는 사막보다 거기 사는 사람들에게 혹했다

살 곳이 아닌 데서 사는 것은
가까이 오지 마!
건드리지 말라는 뜻 같아서
멀리서 지켜본 공작새 일가一家

가시덤불에서 찾아낸,
공복을 채울 수 없는 벌레 한 마리를
새끼 입에 넣어주는데
먹고산다는 건 한 끼 한 끼가 빅뱅이다

못 볼 꼴을 봐도 백 번을 목격하는 공작새
하나가 아프면 백 개의 눈깔이 다 아프다
더러운 세상을 피해 다녔으나
더러운 세상을 버릴 수 없는.

뜨거운 발

김지헌

충남 강경 출생. 1997년 『현대시학』으로 등단. 시집으로 『황금빛 가창오리 떼』 『배롱나무 사원』 『심장을 가졌다』 외 2권이 있다.

아무도 주목하지 않을 때쯤
문득 고개 들어 하늘을 보았다
붉은 홍시 같은 달이 야트막한 언덕을 비추며
조금만 더 가보라고 한다

전력 질주하는 손흥민을 보며
발이 축구공보다 빠를 수도 있다는 것을 처음 알았다
인간이 갖고 있는 206개의 뼈
간절한 기도와 이야기가 새겨진 신전의 기둥

지금 서 있는 곳이 그의 일생의 결론이다
가장 처절하게 달려 도달한 그곳
무수한 발이 뒤따르고 발자국이 어지럽게 찍히고
종착에 도달할 때까지 때로는
접질려 절뚝거릴 때도,
연골이 닳아 주저앉고 싶을 때도 있었을 것이다
그리하여
고통에 찬 뼈들을 오래오래 달래가며
한밤의 환호를 만들어냈을 것이다

80여 년을 달려온 어머니의 발도 우리 집안의
전력 질주였다

초록의 서사

벚나무 한 생을 다 써버리는 동안
범람하던 이념의 한 시대도 갔다
혁명처럼 화르르 쏟아지던 꽃무덤만 덩그러니 남았다

붉은 산철쭉 숨 가쁘게 진격해오던
그해 오월의 서슬에
살점 떨어져 나가도록 처절했던 한 시대도 물러갔다

인적 드문 산길 바윗돌로 구르다
어느 별빛 쏟아지던 봄밤
자드락길 사뿐히 밟고 오시는 이
온통 초록 옷 갈아입고 마중 오는 이여

우리들 푸른 서사는 이제부터다

먼 시간 달려오느라 모나고 생채기 난 바윗돌 하나,
그 위에 살포시 말씀 하나 얹는다

한밤의 못질

누군가의 부음을 듣고 온 날
밤하늘에 길게 못이 튕겨져 나간 자국 선명하다
살겠다고 죽어라 못질하던 일생이 구부러진 채
끝내 지구 밖으로 튕겨 나갔다
아버지는 못 하나도 귀하지 않은 것이 없다며
송판에 박힌 못을 뽑아내 망치로 두드려 펴느라
손마디에 못이 박히곤 했다
오래 앓다 끝내 강을 건너간 어떤 사람도
제 몸의 못 하나 뽑아내는 일이 힘겨워서
아예 트랙을 벗어난 것일지도 모른다

이 빠지고 무뎌진 낫날 하나
시간의 뒤란에서
우두커니 제 안을 들여다보고 있다

네이마르에 대하여

김경주

　메시와 호날두의 뒤를 이을 유망주로서 네이마르가 축구 뉴스에 융단폭격이 되던 시기가 있었다. 일찌감치 사람들은 축구황제 펠레에서부터 월드 플레이어 호나우두와 호마리우를 거쳐 외계인 호나우지뉴를 이을 국보급 브라질의 신성을 찾는 눈치였고 이 네이마르를 알아본 것이다.

　17세의 산투스 fc 소속이었던 네이마르는 결국 조국 브라질에 컨페더레이션컵 우승을 안기고 5,000만 유로(약 700억)에 바르셀로나에 입단한다. 이 이적은 그야말로 루머와 말이 끊임없이 들끓는 핫한 소식이었다. 유럽리그도 아닌 타국 리그의 유망주까지 꼼꼼히 챙겨 스킵해두는 웬만한 축구팬이 아니고서야 네이마르의 이런 존재감에 대해 의심을 품기 시작한 것은 당연한 순서였는지 모른다. 속칭 말로 에이전트들이 믿고 쓰는 스페인산이나 브라질산 하나 사들여 유럽시장에 거품을 일으키려 한다는 의견이 지배적이었다.

　나 역시 의구심이 들기도 했다. 피지컬이 지나치게 약해 보였고, 브라질산 선수들 특유의 발재간 정도에 세계시장이 군침을 흘리는 모양새가 그리 신뢰가 가지는 않았기 때문이다. 무엇보다 그의 특기라고 알려진 힐슛hill shot에 대한 신뢰가 없었다. 한쪽에선 묘기라고까지 불리며 네이마르에 대한 호불호가 갈리는 이 테크닉은 발뒤꿈치로 공을 차올려 상대 수비수 키를 넘기고 달려가는 기술인데 힘보다는 점유율과 티티카카로 설계된 스페인리그라고는 하지만 그래도 유럽

리그는 기본적인 체력과 힘의 축구를 동력으로 사용하는 팀들을 상대해야 한다. 그런 곳에서 저런 발재간이 통할지 의문이었다.

게다가 신계에 입성했다는 메시가 메시아로 군림하는 바르셀로나는 '지구방위대 축구단'이라고 불릴 만큼 검증된 용병으로 이루어진 팀이다. 그 속에서 아직 자신을 검증의 단계로 보는 편견을 깨고, 입지를 단기간에 만들 수 있을지는 의문이었다. 하지만 시간이 흘러 월드컵을 며칠 앞둔 시기 네이마르는 이제 브라질을 우승으로 이끌 아이언맨이 되어가는 추세다. 이번 시즌 전체적인 바르셀로나의 폭락으로 팀 내 기상이 악천후를 겪었지만 그래도 네이마르는 메시의 특급도우미 역할을 충실히 해냈고, 무엇보다 그의 스타성이 충분한 시장성을 갖춘 듯이 보인다.

공을 수비 뒤 빈 공간으로 차고 가속도를 품고 달리는 그의 슬랩컷을 따라가는 카메라는 에너지에 가득 차 보인다. 화려하지만 골 결정력으로 대답해야 하는 윙포어드로선 실용성이 없어 보인다는 그의 리프팅 기술은 관객에게 볼거리를 제공한다. 우려되었던 피지컬에 대해선 네이마르는 특유의 골 결정력으로 축구는 몸으로만 하는 것이 아니라 센스로 한다는 이야기를 전달하고 있고 그는 자연스럽게 센스 축구를 하는 캐릭터로 호명되기 시작한 것이다. 게다가 네이마르는 아직 어린 나이지만 연계에 능한 축구 지능을 보여줌으로써 에이전트들의 검증을 의심하지 못하도록 못을 박은 눈치다.

현대 축구는 갈수록 공간이 부족하므로 연계를 할 수 있는 축구 센스가 필수다. 그런 점에서 다소 개인적이고 독점적이었던 산투스 시절의 네이마르는 이제 바르셀로나에선 볼 수 없다. 물론 여전히 제공권 이해와 헤딩력 부족이랄지 툭하면 필드에서 반칙을 유도하는 플레이를 범하기도 한다. 일명 네이마르 다이빙이라고 부르며 그를 아직까지 빈정거리는 사람들은 그가 실력이 아니라 멘탈이 약해서 좀 더 지켜보아야 한다는 지적으로 몰아가려는 분위기도 있다. 하지만 그는 아직 기록으로만 보자면 신계의 호나우두나 메시와는 비교하기 힘들다. 게다가 치고 올라오는 음바페 등의 후배들도 많다. 하지만 나는 네이마르 다 실바라는 이 선수가 브라질의 축구 계보를 이을 특급선수가 되리라 의심하지 않는다.

레오디다스 다 시우바라는 브라질 선수가 있다. 그는 1938년에 혼자서 7골을 몰아넣고 FIFA 월드컵 득점왕을 차지했으며 흔히 브라질 히어로의 레전드로 불리운다. 하지만 내가 그를 강렬하게 기억하는 이유는 그가 오버헤드킥으로 알려진 '바이시클의 창시자'라는 점이다. 그가 듣도 보도 못한 이 바이시클로 골을 넣었을 때 이 골을 두고 전 세계와 축구인들은 이것을 골로 인정해야 하는가를 두고 논쟁을 벌일 정도였다. 그것 하나만으로 그는 월드컵의 스타가 된 것이다. 이 점이 네이마르의 예열을 기대하는 점이다.

글발! 詩발! 파이팅!

김상미

　나는 시인축구팀 '글발' 회원이다. 회원이 된 지는 거의 30년이 다 되어간다. '글발'은 축구를 좋아하는 시인들이 모여 만든 축구팀이다. 시인들로만 구성된 세계 유일무이한 팀이다. 코로나바이러스만 아니라면 늘 그랬듯이 몇 번이나 운동장에서 만나 경기를 치렀을 것이다. 더구나 올림픽 시즌이니 얼마나 할 말들이 많겠는가. 애석하게도 우리나라 축구팀은 멕시코에 패해 4강으로 나아가지 못했지만….

　스포츠에 관한 한 나는 몸치 중의 몸치이다. 하지만 스포츠 경기 관람은 언제나 대환영이다. 지금도 한창 진행 중인 2020 도쿄올림픽 중계방송을 지켜보며 연일 환호와 감탄을 아끼지 않고 있다. 남달리 운동에 능한 선수들의 몸놀림은 아무리 보고 또 보아도 질리지 않는다. 그야말로 활력과 아름다움, 그 자체다. 참으로 잘 달리고, 잘 뛰어오르고, 잘 휘어지고, 잘 구부려지고, 잘 단련된 그들의 몸을 보고 있으면 "인체야말로 인간의 영혼을 보여주는 최고의 그림이다"라고 말한 비트겐슈타인의 말에 절로 고개가 끄덕여진다. 그들은 (운동 종목과 관계없이) 모두 놀랍고 대단한 인간 승리자들이다. 노력한 만큼 빛이 나고, 단련한 만큼 우아하고, 당당하다!

　어릴 때부터 나는 운동이라면 젬병이면서도 체육 시간을 좋아했다. 체육 시간엔 우선 교실을 벗어나 드넓은 운동장에서 1시간을 보낼 수 있다는 게 좋았고, 나는 잘하지 못하지만, 운동 잘하는 친구들을 부러운 눈으로 감상할 수 있어 좋았다.

이상하게도 나는 다른 사람이 무엇이든 나보다 잘하면 안심이 되었다. 그 때문인지 어릴 때부터 가장 많이 들었던 말이 "너도 남들처럼 욕심과 끈기 좀 가져라"라는 말이었다. 그만큼 나는 무엇이든 악착같이 노력하고 경쟁하는 기질이 못 되었다. 모두가 잘하면 나 하나쯤은 좀 못해도 되지 않을까? 그런 천진한(?) 마음이 있었다.

물론 나도 1등을 한 적도 많고 상도 많이 받았지만 그건 기질 때문이 아니라 자질 때문이었다. 누구에게나 악착같이 안 해도 잘하는 것이 몇 개쯤은 있으니까. 다른 운동은 참 못하는데 달리기는 곧잘 하는 것처럼. 그럼에도 내게 좋은 기질이 하나 있다면, 그건 나무늘보처럼 느리고 느긋한 천성을 가졌음에도 멘탈은 강하다는 것. 그 때문에 여태껏 혼자서도 잘 버텨온 것 같아 언제나 하느님께 감사!

가끔은 체육 시간에 배구나 피구 경기를 할 때가 있는데 그럴 땐 꼭, 사정을 해서라도 기어코, 경기에 끼어들었다. 공으로 하는 경기는 비록 아무리 못해도 무조건 참여하고 싶었다. 남학생들과 합반(남녀공학)을 할 때는 그들이 하는 축구 경기를 열심히 응원했다. 그 중 가장 축구를 잘하는 남학생을 하도 열렬히 응원했더니 나중에 그 남학생이 자기를 좋아하느냐고 은근히 물어 깜짝 놀란 적도 있었다.

어릴 땐 야구도 좋아해 오빠랑 부산 구덕야구장에 가끔 야구를 보러 가기도 하고, 내가 좋아하는 야구선수의 사인을 줄 서서 받아오기도 했지만 그래도 야구보다는 축구가 더 좋았다. 야구는 머리 좋은 사람이 하고, 축구는 머리 나쁜 사람이 하는 거라는 요상한(?) 풍문이 떠돌고, 다카하시 겐이치로의 『우아하고 감상적인 일본야구』를 읽으며 아주 짧은 순간, 야구로 돌아갈까? 살짝 흔들린 적도 있지만 아무래도 나는 야구선수들보다는 축구선수들이 더 매혹적이었다. 우리나라의 차범근 선수와 고정원 선수, 2002년 월드컵 때의 우리나라 선수들, 그리고 독일의 프란츠 베켄바워, 네덜란드의 요한 크루이프, 프랑스의 지네딘 지단과 아르헨티나의 전설 디에고 마라도나와 리오넬 메시, 브라질의 펠레와 외계인처럼 귀여운 호나우지뉴, 잉글랜드의 데이비드 베컴과 루니 등등. 대부분이 현역을 떠난 선수들이지만 그들 때문에 키운 축구의 환상이 계속 나를 축구에 열광하게 만들었다.

하여 등단한 지 몇 년 지났을 때, 축구를 좋아하는 시인들이 시인축구팀을 만들자고 했을 때 속으로 쾌재를 불렀다. 상상만 해도 멋져 보였다. 스무 명가량의 시인들이 모여 만장일치로 글발! 詩발! 파이팅!!!을 외치며 시인축구단 '글발' 창단을 축하했다. 그때만 해도 모두가 젊은 나이라 경기가 시작되면 운동장을 펄펄 날아다녔다. 어떤 경기든 대부분 글발의 승리로 끝났다. 비가 오나 눈이 오나 한 달에 한번 혹은 두 번, 쉼 없이 치러진 경기. 전국 각지로 떠나는 원정경기는 마치 즐거운 소풍 같아 더욱더 설레고 신이 났다. 어떤 시인들에겐 가족동반 여행이 되기도 하고, 나에겐 가보지 못한 우리나라 땅을 밟는 절호의 기회가 되었다.

아무리 바쁜 일이 있어도 되도록 글발 경기엔 빠지지 않았다. 한 달에 한번, 학교 운동장이나 야외 축구장에서 만나 해가 질 때까지 축구 경기를 응원하는 게 즐거웠다. 나는 경기에 참여하지 못하지만 땀 흘리며 공과 혼연일체가 된 선수들을 바라보는 건 대단한 활력이 되었다. 게다가 그동안 정든 얼굴들이라 언제 봐도 반갑고, 예뻤다. 혹 선수들 중 누가 다

칠까봐 걱정, 걱정하면서도 누군가가 다쳐 그 다음 경기 때 깁스를 하고 나타나거나 오만상을 찌푸리며 아야, 아얏! 할 때마다 속으로 살짝 부러웠다. 나는 운동하다가 다친 적이 없는 몸치 중의 몸치라 그런 영광의 상처를 맛본 적이 없기에 그들이 엄청 위대하게 느껴졌다.

처음 '글발'을 창단하고, 한 20여 년은 무적의 축구팀으로 이름을 알렸다. 전국을 누비며 거의 승리하는 때가 많았다. 그러나 나이 앞에 장사 없다고 지금은 승패와 관계없이 살살하며 재미를 즐기고 있다. 젊었을 땐 다치는 선수들이 영광스러워 보였지만 지금은 제발, 아무도 다치지 않기를 기도한다. 그동안 정말 열심히 전력질주해 왔다는 걸 잘 알기 때문이다.

축구공 하나로 뭉쳐 세계 유일무이한 축구팀으로 희로애락을 함께해온 시인축구팀 '글발'. 어느덧 30년이라니, 참으로 긴 세월이다. 그동안 내가 한 일이란 마실 물과 약상자를 준비하고 회비를 걷고 경기보고서를 작성해 홈페이지에 올리는 일이었지만 운동장을 누비는 축구공과 선수들을 사랑하는 그 마음, 그 열정, 그 우정이 없었다면 30년 동안 변함없이 나를 '글발'로 이끌지 못했을 것이다. 그리고 축구에 대한 사랑이 식지 않는 한, 아마 '글발'은 계속될 것이다. 모두가 꼬부랑 할아버지 할머니가 되어서도 글발! 詩발! 파이팅!!! 을 외치며 지난 시간들을 기쁘게, 즐겁게, 애틋하게 돌아볼 것이다.

고맙다! '글발' 詩友들이여, 그대들이 두 발로 쓰는 시가 살아 있는 한 언제까지나 나는 그대들을 응원하리라. 글발! 詩발! 파이팅!!!

축구 선수 모집 공고

김중식

1994년 7월 8일 서울의 어느 출판사에서 바둑 한 판 두면서 자장면을 먹고 있었다. TV 속보를 통해 김일성 주석 사망 소식이 전해졌다. 그날 오후 축구를 하다 갈비뼈 두 대가 부러졌다. 충돌 순간 숨이 '헉'하고 막혔다. 공식 병명은 기흉氣胸.

흔한 말로 허파에 바람이 들었다. 갈비뼈가 함몰하면서 폐를 찌른 것이었다. 옛날에도 창검에 오장육부를 관통당해서가 아니라, 부러진 갈비뼈가 내장을 찌르면서 죽거나 다치는 경우가 더 많았다는 이야기를 들었다.

그해 여름은 더웠다. 더위가 끝났을 때 그해 여름은 100년만의 무더위였다고 했다. 입원해 있던 서울시립서부병원에는 에어컨이 없었다. 나는 체위를 바꾸지 못한 채 침대와 한몸이 된 미라였다. 등과 엉덩이가 욕창덩어리가 됐다.

2009년 5월 23일 오전이었던가. 파주에 있는 천연잔디구장에서 이회택, 김재한 선수 등 69학번 축구선수 출신들로 구성됐다는 일명 '69회'와 경기를 하는 날이었다. 선수와 스태프들의 휴대폰을 통해 노무현 대통령이 서거했다는 문자메시지가 쏟아졌다.

그날 신체 접촉도 없이 왼쪽 발목이 삐었다. 준비운동이 부족했거나 전날 과음으로 몸 상태가 좋지 않았을 것이다. 한 달 넘게 깁스를 하고 알루미늄 목발을 짚고 다녔다. 그날 평균연령 40대 중반의 글발 팀이 평균연령 60대 초반의 '69회'에게 패배했는지는 기억나지 않는다. 다만 191㎝의 '높이 떴다

김재한' 선수도 우리 팀 수비수와 털끝이라도 스치면 공포가 담긴 낮은 신음소리를 내셨던 것만은 분명히 기억한다.

내 몸이 우리 시대의 역사 인물들과 감응하는 것일까. 그 반대다. 축구를 하다보면 크고 작은 부상을 당하는데, 다친 날짜를 기억하는 게 두어 번에 불과하므로 내 몸과 역사 인물과의 감응설은 성립하지 않는다.

프로선수들에게 큰 부상은 손바닥으로 얼굴을 가린 채 울면서 들것에 실려나가는 절망스런 사태다. 하지만 동호인 수준의 생활체육 선수에게 어지간한 부상은 갈비뼈가 부러져도 웃으면서 퇴장하는 병가지상사에 불과하다. 단지 운이 없었을 뿐이다.

그러나 2016년부터 축구 한번 하면 두어 달 쉬는 패턴이 반복되고 있다. 요즘 나는 축구장에 들어설 때마다 내 정신이 육체의 일탈을 통제하고자 집중한다. 즉 무리하지 말자는 주문을 계속 되뇌이는 것이다.

하지만 몸이 의식의 통제를 벗어나는 순간이 있다. 너무 질 좋은 크로스나 패스가 올 때 그렇다. 내 발만 제대로 갖다대면 '골'이라는 냄새가 짙게 풍기는 황홀의 순간, 정신줄이 끊어지고 무아지경에서 몸이 공에 반응한다.

내 본능은 내 발이 도달할 수 있는 높이나 거리였던 것으로 기억하는 것이다. 그 순간 '찍' 또는 '딱' 소리가 난다. 인대나 근육 또는 가랑이가 찢어지고 끊어지는 소리다. 이제는 부상이 운이 아니라 노쇠 탓인 게 분명해졌다. "사람을 만날 때마다 나는 다친다"(황지우)는데, 나는 축구를 할 때마다 다친다.

안전한 운동을 시도하지 않은 것은 아니다. 이래 뵈어도 나는 인천 동산중고등학교 출신이다. 지금 메이저리그에 있는

류현진이나 최지만 선수 등등 다 내 아래에 있던 '애'들이다. 청소년기 6년을 알루미늄 배트로 공 때리는 타격음 속에서 살았다. 그럼에도 나는 야구를 스포츠로 여기지 못하겠다. 땀도 안 나고, 숨도 차지 않으므로 두뇌 스포츠에 가깝지 않을까. 실제 야구공의 108땀은 하나하나가 번뇌다. 야구는 몸 이전에 마음과 정신의 수련이 필요한 스포츠다.

골프 역시 나와는 인연이 닿지 않았다. 두어 번 공짜 또는 싼값에 제대로 배울 기회가 있었으나, 두어 주 스윙 연습만 하다 접었다. 골프 좋아하는 분들은 '인간이 서서 할 수 있는 일들 가운데 가장 재밌다'는데 적어도 나와 나의 가족에게는 전혀 설득력 없는 빈말이었다. 이란 테헤란에서 가족과 함께 3년간 머물며 4인 가족은 신성한 종교국가에서 스포츠에 탐닉하는 것으로 지루함을 이겨냈으나, 가족 모두에게 골프는 일상보다 더 지루했다.

안전하면서도 운동량이 많기로는 네트를 사이에 둔 종목이겠다. 나는 가족들과 배드민턴과 탁구를 즐겼다. 네트 종목은 복식 경기를 하더라도 몸과 몸이 부딪치는 사고는 드물다. 스트레칭과 준비운동을 철저히 해서 급격한 방향전환이나 급발진 또는 급브레이크에 필요한 관절과 근육에게 미리 암시를 주면 부상에 대한 위험을 스스로 줄일 수 있다.

가족이 먼저 떠나고 나 혼자 테헤란에 남았던 6개월간 테니스를 즐겼다. 테니스는 '진짜'였다. 축구는 단체경기인지라 잠시 쉬어가거나 숨을 수 있는 피난처를 찾아낼 수 있다. 하지만 테니스는 중립지대 없는 격투기였다. 고수에게 '함부로 다뤄달라'고 미리 부탁해놓으면, 나는 10여 분 만에 탈진에 가까운 숨을 몰아쉬는 것이었다. 아마 축구를 하다 한번 더 큰 부상을 입는다면, 난 숨넘어가는 테니스장에 있을 확률이 높다.

‘고통의 축제’를 즐기는 이유는 스포츠가 취미가 아니라 중독이기 때문일 것이다. 몸이 시가 되는 축제랄까. 그에 따른 희생이 만만치 않으니 카니발리즘 같기도 하다.

고깃덩어리에 가까워진 몸. 조금만 더워도 온몸이 땀으로 젖는 갱년기. 찜질방이 세포 속 이물질을 쥐어짜내는 쾌감을 준다면, 축구는 몸속 이물질을 녹여버리는 듯한 황홀을 준다. 체력이 방전되면서 잡념조차 기력을 상실하는 ‘러너스하이’를 느낄 수 있다.

비루한 몸덩이가 가져다줄 수 있는 열반이랄까. 단순한 즐거움, 육체의 원시적 활력, 골에 이르기까지의 필연적이고 아름다운 공의 궤적까지. "축구는 야외에서 행해지는 인간적 충실함의 완성본"(그람시)이다. 선악의 윤리, 옳고 그름의 이념을 벗어나 야외에서 자발적으로 솟구치는 삶의 표현이다.

그렇다. 아무리 동네축구여도 골은 기적이자 완벽한 힘이다. 평소 실력으로는 만들어낼 수 없는 우연한 패스들이 이뤄진다. 일순 태백산맥을 넘어선 듯 광활한 바다가 열린다. 냅다 찼을 뿐인데 공은 수비수와 골키퍼가 어찌할 수 없는 한 줄기 외길을 따라 날아간다.

골 하나하나에는 시 한 편이 만들어지는 순간의 비약과 천의무봉이 들어 있다. 골은 시적인 순간(시가 써지는 순간 혹은 한 줄기 섬광의 순간)의 황홀과 비슷하다. 그날 밤 몸은 실신 상태이지만, 의식은 자꾸 골 장면을 리플레이하면서 잠을 설치게 된다. 시를 쓸수록 생을 탕진하는 시인처럼, 열심히 할수록 몸을 축내는 게 나의 축구다.

그렇더라도 다치기 위해 축구를 하는 건 아니다. 축구 경기 날짜가 잡히는 날부터 몸만들기에 들어간다. 에스컬레이터

대신 계단을 오르고, 술집 대신 헬스장으로 간다. 골을 넣기 위해서가 아니라 다치지 않기 위해서다.

직장을 옮길 때마다 새로운 팀에 가입한다. 그래도 가장 오래 몸담은 팀은 1991년 창단된 시인축구단 'FC글발'이다. 법도 주먹도 없이 팀이 한세대 동안 유지된 비결은 "시 이야기를 하지 않는다"는 유일한 불문율 덕분인 듯하다.

시 이야기를 하지 않는 모임인데, 굳이 시인만 팀원으로 받아들이는 이유는 뭘까. 시 이야기가 초래할 사태를 알고 스스로 입 다무는 사람이 시인이기 때문이 아닐까.

남녀노소 불문하고 시인이라면 대환영이다. 걸을 수만 있다면 주전 멤버가 될 수 있다. 세상에 이런 팀은 없거나 드물다. 기회를 놓치지 마시라. 부상도 걱정하지 마시라. 이것이 딱히 '호객행위'만은 아니다. 실제 나는 2019년 시즌을 부상 없이 마쳤다!

첫째, 전율스런 패스나 크로스가 와도 내 몸이 감응하지 않는 수준까지 퇴화한 덕분이다. 둘째, 축구는 승부가 아니라 즐거움이란 생각이 내 몸과 마음을 완전히 지배하고 있기 때문이다. 다치지 않는 것이 축구의 즐거움이다. 패배를 하더라도 상처받지 않는 게 부상 없는 축구의 즐거움으로 가는 길이다. 부상 없는 축구의 세계가 시인축구단에서 펼쳐질 참이다.

후기 : 불행하게도 최근 박모 시인이 깁스를 하고 말았다. 팀 차원의 '부상 없는 해'는 2020년으로 미룰 예정이다. 새 시즌이 빨리 개막하기를 바란다.

Part II　　　　　　　후반전

찜질방이 세포 속 이물질을 쥐어짜내는 쾌감을 준다면, 축구는
몸속 이물질을 녹여버리는 황홀을 준다. 체력이 방전되면서 잡
념조차 기력을 상실하는 '러너스하이'를 느낄 수 있다.

●●●

산문

아수라

문정영

전남 장흥 출생. 1997년
『월간문학』으로 등단. 시
집으로 『더 이상 숨을 곳
이 없다』 『낯선 금요일』
『잉크』 『그만큼』 『꽃들의
이별법』 『두 번째 농담』이
있다.

거위로 다시 왔다

가볍지 않은 흰 날개, 짧고 두꺼운 부리로 울던 나는

세 개의 무서운 얼굴은 가문비 숲에 숨겨두었고, 여섯 개의

긴 팔은 은사시나무가 되었다

나로 살려 할수록 뒤뚱거렸다

어느 날부터 수면 아래가 안락해졌다

가라앉는 나를 향한 수 없는 발짓에

늪에서 피는 꽃은 지고 말았어

누구도 나를 아수라 부르지 않았고

더는 숨을 멈출 수 없을 때 아득히 저무는 꽃

부르르 떨리는 이름으로 태어나

무거운 의문이 날개를 달았을까

내 몸으로는 하루하루를 날아오르지 못했다

뜨거워질 만큼 부풀거나 무거워진 만큼 가라앉아

더는 지상에서 불러낼 이름은 없었다

소리 구멍 다 열고 날마다 거위 울음으로 나는 울었다

달, 모자

뒷모습만 생각이 났다

어떤 모자를 썼는지, 그 위에 어떤 달이 떠 있었는지

걸어가면서 나눈 대화는 이어지지 않았다

왜 나의 시는 과거형인지, 눈썹은 미래형으로 펼쳐졌는지

그걸 기억한다면 그날 밤 환한 달빛을 내어놓았을 텐데

삭의 흔적만 남아 있었다

삭은 하나를 간직하기 위해 다른 하나를 버린 것이라고,

묻지 않는데도 너는 입술을 떨며 말했다

그 말을 놓아버린 순간에 모자가 너를 쓰고 있었다

그러니 너의 뒷모습 위에 뜬 달은 분명 그믐이었다

너는 끊어지는 말을 다시 이었다

어떤 하루는 너무 길어서 달이 지지 않았다고

그날은 아무리 걸어도 모자에서 벗어날 수 없었다고

달과 모자는 하나의 관계에서 비뚤어져 있었다

그런 모자가 가끔 아픈 뒷모습을 가려주곤 했다

넷플릭스

꽃을 꽃으로만 보던 절기가 지났다

계절이 꽃보다 더 선명하게 붉었다

그때 당신은 열리는 시기를 놓치고,

나는 떨어지는 얼굴을 놓쳤다

되돌려볼 수 있는 사랑은 흔한 인형 같아서

멀어진 뒤에는 새로운 채널에 가입해야 했다

언제든 볼 수 있는 당신은 귀하지 않았다

공유했던 두근거림이 채널 뒤의 풍경으로 사라져갔다

나는 캄캄한 시간을 스크린에 띄우고

당신에 대한 기억을 하나씩 지우기로 했다

사랑을 자막처럼 읽는 시절이 왔다

눈에 잡히지 않은 오래전 사람처럼 자꾸 시간을 겉돌았다

나를 의자에 앉혀두고

당신은 생각에서 벗어난 생각을 보고 있었다

느슨해진 목소리가 사랑을 끝내고 있었다

툭 툭 우리는 같은 의자에서 서로 다른 장면을

몸 밖으로 밀어내는 중이었다

목련여인숙

박완호

충북 진천 출생. 1991년
『동서문학』으로 등단. 시
집으로 『기억을 만난 적
있나요?』 『너무 많은 당신』
『물의 낯에 지문을 새기
다』 『아내의 문신』 『내 안
의 흔들림』 『누군가 나를
검은 토마토라고 불렀다』
등이 있다.

환한 봄밤이었다 막차를 놓치고 찾아든 여인숙, 판자대기
꽃무늬벽지로 엉성하게 나뉜 옆방과

천장에 난 조그만 구멍으로 반반씩 나눠 가진 형광등 불빛
이 이쪽저쪽을 오락가락할 때, 나는

김수영을 읽거나 만나려면 조금 더 기다려야 했던 백석을
꿈꾸며 되지도 않는 시를 끄적거리다가

갑자기 불이 꺼지고 시팔, 속으로 투덜대며 원고지를 접고
는 이내 곯아떨어졌을 텐데, 잠결에 들려온

옆방 여자가 내는 소리가 달밤의 목련꽃처럼 피어나는 걸
숨죽여 듣다가 그만 붉게 달아오른 꽃잎 하나를 흘리고야 말
았지

아침 수돗가에서 마주친 여자는 낯붉히며 세숫대야를 내
쪽으로 슬며시 밀어주는데 나는 괜히

간밤 그녀가 흘려보낸 소리들이 내 방에 와선 탱탱하게 부
풀었던 걸 들키기라도 한 듯 덩달아 붉어져서는

내 쪽에 있던 비누를 가만히 그녀 쪽으로 놓아주었다

외도

그리움의 거처는 언제나 바깥이다 너에게 쓴 편지는 섬 둘레를 돌다 지워지는 파도처럼 그리로 가닿지 못한다

저마다 한 줌씩의 글자를 물고 날아드는 갈매기들, 문장들을 내려놓지 못하고 바깥을 떠돌다 지워지는 저녁, 문득 나도 누군가의 섬일 성싶다

뫼비우스의 길을 간다 네게 가닿기 위해 나섰지만 끝내 다다른 곳은 너 아닌, 나의 바깥이었다

네가 나의 바깥이듯 나도 누군가의 바깥이었으므로, 마음의 뿌리는 늘 젖은 채로 내 속에 뻗어 있다

그리운 이여, 너는 항상 내 안에 있다

공球에 관한 짧은 생각

1. 축구공

운동장의 축구공은 누구에게나 쉽게 버림받는다. 가슴 열고 기다리던 사람도 품에 와 안기는 순간 빨리 그를 버린다. 모난 곳 하나 없는 둥근 성격으로도 그는 환영받지 못한다. 차이고 차이면서도 공은 경기장을 떠나지 않는다. 수많은 꼭짓점들을 만들어가며 운동장을 뛰고 뛰어도 거기엔 답이 없다. 슬픔의 뿌리를 모르는 공, 마주치는 상대들은 끝없이 고독해질 문제들을 자꾸 만들어낼 뿐 하나의 답과 만나려 하는 찰나 그를 멀리 차버린다. 허공을 날고 땅을 굴러가던 축구공이 달려가다가 멎는 그 순각瞬刻, 줄곧 그를 기다리던 그물은 그만 가슴이 철렁, 내려앉고 만다. 경기는 아직 진행 중이다.

2. 지구

언제부터인가 지구는 둥글기만 한 별이 아니었다. 별의 중심에서 사방으로 손을 내어 뻗으면 손끝에 닿지 않는 기둥들이 자꾸 생겨났다. 곳곳에 솟아오른 남근들이 무정자의 연기를 쏟아내고 있었다. 하늘을 구를 수 없게 된 조물주의 구슬, 생명을 기를 수 없게 된 여자, 엄마의 품에서 쫓겨난 자식들이 집 밖으로 흩어졌다. 바람이 누렇게 불어 갈 곳 없게 된 아이들의 눈을 가려버렸다. 아이 잃은 어미의 눈에서는 불규칙하게 눈물이 흘러내렸다. 엄마를 찾는 울음소리와 아이를 부르

는 목소리가 뒤섞여 허공을 붉게 물들여갔지만 한번 발기한
남근은 시들 줄을 몰랐다. 지구는, 트랜스젠더가 되어버린 나
의 엄마. 우리는 자꾸 불행해져만 갔다.

3. 생명 구슬
한 조각을 잃어버려 이빨 빠진 동그라미*인 나는

덜렁, 자그마한 생명 구슬 두 개
반쪽의 생을 몸 밖에 두고
뒤뚱뒤뚱, 비익조比翼鳥의 꿈을 꾸는 나는

안해야, 안해야
해와 달 같은
내 구슬들 너 줄 테니, 나랑

생명 심으며 살자, 응
생명 낳으며 살자, 응

*'송골매'가 노래하는 〈이빨 빠진 동그라미〉에서.

박종국

1994년 『현대시학』으로
등단. 시집으로 『집으로
가는 길』 『하염없이 붉은
말』 『새하얀 거짓말』 『누가
흔들고 있을까』가 있다.

배

어머니가 사준
꺼먹고무신 한 켤레

그 배를 타고
건너지 못할 강은 없다

까맣게 타버린 어머니 속내 말고는

객토

아직도
흙에 기대야 할 무엇이 남아 있단 말이지
벌건 흙 기력이 다 떨어진 논바닥에 부려놓고
내뿜는 담배 연기가 만들어내는 동그라미
그 쓸쓸함 속에
찾아야 할 어떤 것이 있단 말이지

흙의 암시
들판을 물결치던 걸음은 오래전 일인 듯
죽어가는 것들의 시선이 따갑다
바닥에 부서져 뒤엉킨 고사리손
즐비하게 깔려 있다

구슬땀 흘리며 흙을 뿌리는 그는
체질을 개선하느라
잃어버린 그 누군가를 찾느라
흙먼지 풀풀 날리는 바람 속에 서 있다
하얗게 센 머리칼이 번쩍거린다
그래, 그렇단 말이지

가로등

살다보면,
세상은 장님이 아니란 걸
세월이 말하는 소리를 듣고 안다
아무도 모르겠지, 하고 행동한 잘못 탓으로
가슴 저미고 뜯기고 나서야
뒤돌아보는 지난 날
빤하게 들여다보는 세상이 두렵다
가로등 여린 불빛이 무섭다
감은 눈이 따끔거릴 만큼 죄를 지으며
밤거리에서 만난,
삼킬 듯이 달려드는 네온사인 지나
뒷골목에서 꺼질 듯 빛나는 너의
속살을 만지작거리는 손끝에
자글자글 매달린 아내의 젖가슴 같은 생이 잡힌다
손에 잡혀 꼼짝 못하는
다 알면서 말하지 않는
눈빛으로 진실을 말한다

새벽까지 단잠 이루지 못하는
너의 눈가,
내린 이슬 속으로 들어가 빛나고 싶은 밤

출전

박지웅

부산 출생. 2004년 『시와 사상』, 2005년 문화일보 신춘문예로 등단. 시집으로 『너의 반은 꽃이다』『구름과 집 사이를 걸었다』『빈 손가락에 나비가 앉았다』『나비 가면』이 있다.

텔레비전에서 박지성 경기를 중계하고
나는 등 돌리고 앉아 시를 쓴다
반지하 창가에 관중처럼 몰린 눈발들
날카롭게 내 시의 측면을 파고드는
흥분한 해설자 목소리를 라인 밖으로 차내고
나는 가까스로 시를 지키고 있다
생각을 길게 끌다가 도중에 차단되고
해설자는 내 시를 몰고 텔레비전 속으로 들어간다
나는 몸을 돌려 황급히 수비 위치로 돌아간다
배후를 파고드는 패스를 간신히 끊어
허둥지둥 텔레비전 밖으로 빠져나온다
주심이 뒤따라오며 마구 호각을 불어대고
창가에선 야유가 쏟아진다
뒤통수를 훌쩍 넘기는 위협적인 해설자의 크로스
그러면서 몇 번이나 실점 위기를 맞았다
나의 낱말들은 자꾸 엉뚱한 데로 굴러가고
운동장을 폭 넓게 사용하지도 못하고
모처럼 온 기회도 살리지 못했다
아, 나의 박지성은 지금 어디쯤 뛰고 있을까
체력이 고갈된 경기 후반은
시종일관 답답한, 심심한 경기를 이어갔다

해설자는 가끔 텔레비전에서 나와
어깨 너머로 시를 기웃거리다 돌아가고
주심은 시계를 두 번째 들여다보고 있다
호각소리와 함께 시는 끝나고
창가에 관중들은 다시 눈발로 변한다
바람이 하얀 그물망을 흔들고 가버린다

텔레비전은 재밌다

우리는 심심하니까, 불을 붙인다
그러니까 담배는 손가락에 끼운 텔레비전이다

당신은 뒤에서 물고 빨고, 텔레비전은 타고 있다
— 너는 훌륭한 꿈을 가졌구나

당신의 입술 사이로 흰 꼬리가 나온다
텔레비전은 맛있다

방 안에서 네 개의 다리를 가진 텔레비전을 기른 적이 있다
꼬리는 기와지붕 위로 빠져나와 있었다
영상이 끊어질 때마다
우린 텔레비전의 머리를 툭툭 때리거나 꼬리를 이리저리
비틀었다

텔레비전은 멀리서도 보인다
머리와 꼬리를 따라 우리는 편안하게 흘러간다

텔레비전을 켜면 빈방이 생기고
그곳에서 태어난 영혼들은 종잡을 수 없는 문장을 쓴다
흰 피를 다 흘릴 때까지 살아 있다

아니 텔레비전은 일시적으로 살아 있다

당신은 손목을 까딱거린다
부드럽게
팔뚝에는 텔레비전으로 지진 자국들
화상火傷은 화상畵像으로 쉽게 연결된다
이런 유의 고정 화면은 채널이 바뀌지 않는다

악몽이라고
나는 생각한다, 그러므로 지직거린다

저절로 풀린 허연 밧줄들이 푹신하게 떠다니는 물속
화질이 좋지 않다
푸른 수면을 올려다보며 추락하는 사람들
끊어진 곳을 향하여 손을 뻗는다

텔레비전은 곧 끊어진다
화면에는 덧없는 장면이 많고
흰 비명을 지르는 입은 묘하게 재밌다

흑백의 새

흉가였다, 까마귀 떼 내려앉는
옛집 지붕에는 저녁보다 밤이 먼저 찾아왔다

뒤뜰에 쌓인 수백 가마의 어둠을 갉던 쥐새끼들
밑바닥이 뜯긴 마음에 한두 줌 풀이 났다

구멍난 집구석을 부지깽이로 푹푹 쑤시면 까마귀들이 깨어
나 검은 색을 조금씩 옆으로 옮겼다.

흰 바위 뒤 흰 소나무 너머 흰 거북, 흰 사슴이 흰 물에 주둥
이 대는 자개 밥상 차려두고
부엌에 까마귀처럼 앉아 있던 여자

옛집은 검고 장독간 민들레에 앉은 흑백의 봄은 쥐죽은 듯
고요했다 흑백의 새끼들을 치느라 입과 눈에 흙 바르고 엎드
려 산 여자처럼

감나무가 있었지만 꽃도 열매도 글썽이다 말았다
가끔 낙동강 둑에 나가 밤새 갈대를 보았다
흰 것들이 무리 지어 강 너머 이른 일을 새벽이라 부를까
색깔이 입혀지지 않는 갈대 한 다발, 집에 들인 뒤 그 흑백

의 식물에서 자주 안개가 피어났다
그 뒤 오랫동안 슬픔의 노른자위였던 태양

흑백의 능선 너머 검은 머리를 풀었다 묶는 집
공중에서 끊겨 풀린 밧줄처럼
까마귀가 까마귀들을 줄줄이 물고 내려왔다

단절

백인덕

서울 출생. 1991년 『현대
시학』으로 등단. 시집으로
『끝을 찾아서』『오래된 악』
『단단함에 대하여』『짐작
의 우주』『북극권의 어두
운 밤』 등이 있다.

나는 모르네
거기 바람이
강둑의 풀빛 연하게 부르는지

하마터면
내가 묻혔을 꽃그늘 아래 웅덩이
좁쌀 같은 꽃이 피고
물 대접 멀리
검은 고목에서 울던 새,

또 누가 죽어도
더도 덜도 번지지 않던 강변의 황혼,
나는 모르네.
서걱대며 부르는 이름이
누이인지
옆집 누이의 누이인지
풀빛 연하게
연신 머릴 조아리는

잘못 앉은 방향
자꾸 적어지는 시간,
나는 모르네.

편지

먼 땅에
설핏 눈 내린다고
축축한 말씀이
어떤 반짝임도 없이 건너왔다
어제 당신은
저녁 굶주린 스라소니를 봤다 했는데
여기 아침 골목에는 어김없이
새끼고양이가 죽어 있다
물론이다, 다 시든 장미 넝쿨 아래
쓰레기가 무단투기 되는 곳
그리움이 지겨울 때마다
누런 가래를 끌어올려 뱉던
내 무료無聊의 적소謫所,
한가득 내리지 않은 눈을 쌓아올리며
악취 위에 주워온 연탄재를 던졌다
물론이다, 나는 밤새 골몰할 것이다
오늘을 가득 채운
불안과 절망의 숱한 반짝임을
아무런 눅눅함 없이 날려 보내기 위해
먼 땅의 빈 지번을 밤새도록
검색할 것이다.

자기 뺨을 치고
웃는 제 얼굴에 침 뱉을 것이다.

붉은 여우를 위하여

길도 집도 없다, 당연하게 허방도 곡간도 없다. 방향도 목적도 없다. 그러므로 이웃도 원수도 없다.

해진 눈밭 구릉 위에서
너는 울지만,
언제까지 울 것인가?

없는 영원도 만들어 그 끝까지 울 것 같은
겨울 정신의 붉은 여우들

변두리 한적한 지하철 계단 옆 늙은 도시의 데커레이션처럼 반쯤 빈 리어카 몇 대 아무렇게나 놓여 있다. 그 앞 포장마차에서 피워 오르는 훈기薰氣, 한 잔이 종일 비었던 뱃속으로 흘러들리라. 아니, 그랬음 바라면서 장갑을 꺼내 낀다.

오늘은 책가방을 메지 않을 것이다.

달빛 선연한 밤길에선 등뒤로 솟아난 칼에 내가 먼저 소스라칠 테니 추운 날은 차가운 정신으로 달빛에 희미한 길을 그저 열심히 걸어가면 그뿐, 모르고 지나치는 자작나무 하얀 외피外皮에 서러운 이름 몇 개 새겨지든 지워지든 눈 한 줌에 목

을 축이고 그저 걸어가면, 걸어가면 그뿐. 몇 개의 포장마차를
지나 수북한 쓰레기 위에 마른 가래 뱉고 길게 목을 늘인다.

　없는 영원의 끝까지 달릴 것 같은
　겨울 정신의 붉은 여우들.

서수찬

1989년 『노동해방문학』에
「접착을 하며」 외 2편을
발표하며 작품활동 시작.
시집으로 『시금치 학교』가
있다.

교보문고

병 주고 약 준다는 말이 있다
나의 청년 시절 독서는
거의 광화문 교보문고에서 이루어졌다
내 주머니 속사정을
발걸음이 먼저 안 까닭이다
어느 땐가 시집 코너에서
정신없이 시인들을 만나고 있을 때
하얀 촌스러운 책가방은
내 어깨에서 입을 조금 벌리고
축 늘어져 있고
내 행색은 광화문에 올 차림은
아닌 것 같고
눈마저 푹 꺼져
무언가 굶주려 있는 청년을
교보문고는 가만히 놔둘 리 없고
관리인을 시켜 나를 은밀하고 구석진
사무실로 데려가 만만한
내 촌스러운 가방을
먼저 열어보았지만
거긴 할머니의 정성이 흘러넘친 도시락과
수학 1의 정석과 재수 학원증만이

그들의 의심을 당당하게 발로 걸어찰 때
교보문고는 알까
진열대에 몇 십 년 후에
그 청년의 시집을 진열하면서.

도시락 뚜껑

고등학교 시절에
건강기록부라는 것이 있었는데
우연히 반 친구들이 내 건강기록부를 보게 되고
거기에는 영양실조라고 적혀 있었고
그때부터 반 친구들의 도시락 뚜껑
순례가 이어지게 된 거라
넌 영양실조라 다른 사람보다
잘 먹어야 한다면서
내 도시락 뚜껑에 각자의 집에서
가장 특별하게 싸온 반찬들을
한 젓가락씩 골고루 수북하게 담아
나에게 가져다주는 것이었다
그때 나는 그 젓가락들의 순례를
평생 잊지 못한다
내일도 그때 아마 정해진 게
아닌가 싶다
어딘가에 있을 감성의 영양실조에
걸린 사람들에게
도시락 뚜껑 같은 내 시에
우리반 친구들의 내게 쓴 절절한 연서들을 그 반찬들을
빠짐없이 담아 배달하는 일

그게 나의 일이 되었네
나 같은 사람에게 평생 잊혀지지 않는 한 편의
도시락 뚜껑이 되길 바라면서.

살구나무

살구는 나무에서 떨어져
바닥에 굴러다니는 것이 달고
더 맛있다는 것을 알았다
나무에 붙은 열매는
그만큼 욕심을 붙잡고 있어서
열매에 대한 애착이 심해서
떫고 맛이 없다고 했다
나는 살구나무와 멀리
떨어져 살아서 그걸 몰랐으나
근처 밭에서 평생 살던 사람이
알려준 후였다
내 시집에서 떨어져 나간 내 시가
인터넷에서 마구 굴러다니고
밟히고
어떤 것은
제목까지 바뀌어 있는 것이 희한하게
더 맛있고 달곤 했다
내 것이란 생각을 잊고 산 후였다.

궁극의 원

석민재
2015년 『시와 사상』, 2017
년 세계일보 신춘문예로
등단. 시집으로 『엄마는
나를 또 낳았다』가 있다.

손가락질보다 더 빠르게
굴러가는데
쩍-하고 쪼개지는 한 덩어리의 계절이라면
못돼먹은 풋사과라면
마술 상자 속에서
여덟 번 칼을 피한 공이
명을 재촉할 호기심이 전속력보다 빨랐던 공이
운동하는 거 아니다
벌 받는 거 아니다
앞구르기는 계속 진화하는데
내면은
던지고 때리고 차고 옮기고 튀기고
다 겪은 내공의 리듬으로 꽉 차서
랄, 랄, 랄, 라
궁극의 원으로 굴러가는데
발끝까지 내려온 불안을 공중분해하는 공이
둥근 죄로
반복 회전 중인 공이
미안한 얼굴로 떨어지고 있는데
피하지 말자
하나도 안 아프다

공

아무리 바빠도 상갓집 밥은 꼭 먹고 나오는 사람이 참 좋은 사람이 남의 동네 놀이터에서 울고 있다 기도할 때 살짝 눈 뜨고 옆 사람 보는 사람이 바나나우유를 공손히 잡고 마시는 사람이 우연과 인연을 바꿔 말하는 사람이 답을 안 해줄 것 같으면서도 묻는 말에 또박또박 답 잘해주는 사람이 새소리를 내고 있지만 사실은 엄청 큰 개미인 것처럼 괜찮게 아무렇지도 않게 앉아 있다

축구화가 필요해

물구나무서기를 보여줄게
다리찢기를 보여줄게

같이 일할 맛이 나요 기운 넘치게

패스, 드리블, 홀딩, 슛
말로 하는 거 맞지?

저기, 공이 오는데
도를 아십니까?

함성과
침묵 사이에 공이 떠 있는데

배 나온 강

— 전윤호

신수현

1999년 월간 『현대시학』
으로 등단. 2000년 서울
신문 신춘문예 시조 당선.
시집 『개밥바라기와 눈맞
추기』

글빨로도 뻥뻥 공을 찬다
축구라면 상대도 지역도 운동장도 음주전후도 가리지 않는
시인축구단 글발에는
골키퍼 전윤호가 있다
북적 들썩한 어느 자리에서건
이십 년 넘게 함께 묵은 자칭 치어리더
나이도 한참 많은 누나 시인들 짓궂은 입담에라도 치일까
"내 거니까 건들지 마" 선제로 막아도 내는
막강 골키퍼
지난 여름 원정 경기는 정선으로 갔었다
그곳에 가면 얼굴도 마음도 은근 피는 것 보이는
그의 고향이다
짜지도 맵지도 않고 심심한 듯 구수한
배춧잎 펴 넣고 지진 메밀전병
묵밥, 수리취떡……
새벽안개 속 강가를 걷다 만난
배 내민 가지마다 금빛 자두 한가득 익어가던 나무
층층 가파른 절벽 끼고 흐르는 동강의 물굽이
……, 문득 닮은 그가 보인다고
한 생각 짧게 줄여 문자로 보냈더니
"배 나온 강이 어딨노" 메밀묵 뚝뚝 끊어지는 답장 한 줄

배 나온 강이지
아내와 아들 둘을 지키느라
도원을 뱃속에 감추고
유장히 흐르는 입담으로
안개 속의 뼝대들* 언뜻언뜻 보여주곤
다시금 생활로 돌아가는
배 나온 강이지
웃음 출렁 삐침 출렁 환호 출렁
글발 골대를 싸안고
들어오는 공 뼝뼝 튕겨버리는

*전윤호의 시 「해제解題」에서.

고치 짓는 누에

발길 뜸한 창경궁 담장 길
꽃샘바람에 손 시린 햇살이 종종거리는
가로수 곁 돌 벤치 위
한 여자 잠들어 있다

운동화 속 두터운 양말로 밀어넣은
검은 누비바지
목까지 치켜 잠근 검은 점퍼
한때는 치렁하게 흩날렸을 긴 머리
털모자로 덮어쓰고
땟국 속으로도 드러나는 얼굴
마스크로 한번 더 가리고
팔짱 단단히 낀 채

쉼 없이 실을 뽑아 바쳐야 하는
어떤 삶이 싫어
평생 푸른 먹이 보장된 감옥 뛰쳐나와
한잠 쉬고 있는 건지
어떤 손이 그 여자
고치를 짓게 한 건지

봄 손길 따끈해지면
한뎃잠의 때 절은 발목, 뭉친 어깻죽지
밀어올려, 악몽이었나
화들짝 밝은 세상 속으로
눈뜰 수 있을까
나방이로 날아오를 수 있을까

나무들이 서로

이파리들이 입맛 당긴다는 듯
파충류의 혀끝처럼
촉수를 뻗고 있다
바람과 햇살과 물기를
날름날름
빨아들이고 있다

쓰고 달고 비릿하게
서로 몸을 부비면서
손 내민 자리들
제법 하늘을 지우고 있다

그 아래
담장과 전봇대 그늘
뿌리를 향해
깊어간다

재깍재깍 독(毒)을 뿜는 초침이
돌아가는
허공 속으로
목숨들
한껏 죽음 향해 키를 높여

탁託, 제이월당기第二月堂記

우대식

강원도 원주 출생. 1999
년 『현대시학』을 통해 등
단. 시집으로 『늙은 의자
에 앉아 바다를 보다』 『단
검』 『설산 국경』 요절 시
인 열 명의 대표시를 모은
『요절 시선』 등이 있다.

4월은 온통 바람, 당신에게 바람의 편지를 보냅니다. 옛사람들은 방을 들이거나 움막을 지어도 기記를 썼습니다. 글 잘하는 벗에게 비를 맞고 총총히 달려가 집의 내력을 구했던 것입니다. 당신에게 기記를 부탁드립니다. 이 편지가 당신에게 닿을 즈음, 저는 제이월당第二月堂이라는 한 칸 반짜리 누각을 제 마음의 물가에 드리울 것입니다. 이월二月에서 삼월三月로 가는 길은 있는지, 동지冬至에서 이월二月은 얼마나 먼 길인지, 사월四月의 황홀함에 대해서도 써주시기를 바랍니다. 도대체 이 완강함과 대책 없음이 어디에서 오는지도 꾸짖어주시기 바랍니다. 한 사람이 가야 할 하나의 길도 알고 싶습니다. 온통 길이라 쓰고 나니 머리가 하얗게 물들어 갑니다. 목이 움츠러드니 석양 아래 서는 일이 고질이 되었습니다. 한 사람이 가야 할 하나의 길, 누추한 누각마저 부수어야 하는지 간절히 배움을 청합니다. 갖추지 못합니다.

뿔을 잃다

마로니에는
내 죽은 여자女子와 테네시 윌리암을 보던
마로니에는
일각수一角獸가 웃으며 지나가고
서로 기다리다가
죽음에 도착한 사람들
마로니에는
사람들 모두 지워지고
나무 아래 당신과
나무 밖의 나와
연민의 눈빛을 지닌 일각수가 살던
마로니에는
단단한 뿔을 만지면서도 따듯했던
혜화동의 겨울
먼 나라 마로니에는
나무 아래 입술이 부르튼 당신과
나무 밖 당신의 발가락을 핥던 나와
뿔을 부끄러워하는 일각수가 살던 마로니에는

안개는 힘이 세다

안개 속에서,
사회주의 옹호자가 나온다
조금 있다가 자본주의자가 나온다
안개 속에는 많은 주의자들이 산다
안개 속에서
사회주의자인 체하는 자본주의자가 걸어 나온다
교회주의자인 체하는 완전 자본주의자가 걸어 나온다
안개가 걷히면 자본주의자만 남았다
그게 뭐 대수냐고 누군가 중얼댔다
나는 자본주의는 힘이 세냐고 물었다
자본주의자들은 슬그머니 안개 속으로 사라졌다
눈이 쏟아지고 앞을 볼 수 없었다
눈도 자본으로 만들 수 있다고 안개 속에서 히덕거리는 소
리가 들렸다
안개는 고맙다

이시백

전남 강진 출생. 『문학과
창작』으로 등단. 시집으
로 『숲해설가의 아침』 『아
름다운 순간』 『널 위한 문
장』이 있다.

자연놀이 1

　나뭇잎은 모두 동그랗기를 원하지. 볼살이 팽팽하게 지구
본을 닮았어. 네 박자로 돌며 세상과 공연을 펼치는 날, 상제
나비 날아간다. 쉬땅나무 꽃버무리 주변에서 윙윙 날아보지
만 나비의 구애를 받지 못하는 호박벌. 호젓한 길은 달팽이
의 몫, 버림받은 길을 닦고 있다. 이미 수명을 다한 벽보 위에
검은 사내가 새 옷을 입힌다. 날아가던 까마귀가 힐끗 쳐다보
며 운다. 공연이 임박했다는 뜻. 나비 복장을 한 연기자, 긴 호
흡으로 객석을 의식한다. 오늘도 매진. 무대로 다시 등장하
는 사내, 이빨로 절단한 테이프를 팔뚝에 붙여놓는다. 인생은
여분이 필요하므로. 무대 위에서 침묵하는 긴장의 시간. 마주
오던 호박벌이 스쳐 지난다. 여행은 짬짜미 달콤하므로, 달팽
이는 불만이 없어 보인다. 저도 지금 가면을 쓰고 가는 중이란
다. 숙제를 풀어야 하는데 다하지 못하고 갈 것 같다. 나무의
가면 벗는 소리, 낙엽으로 진다.

자연놀이 2

빗물에 젖은 바위의 말은 눅눅해. 잘 알아듣지 못해 귀를 쫑긋 세우지. 벽소령 뒷길에 새긴 고대 문자는 에움길이야. 누가 봐도 직설적이지. 사람주나무 앞을 지나는 길에 봤어. 잎잎마다 빗물에 바록거리지. 나를 흉보는 거 같아 머리를 숙이며 걷는 지리산.

그늘흰사초가 문장을 이어주네. 며칠 전에 초록담비가 다녀갔데. 구융젖을 빨며 자라던 구석바치였는데 말이지. 너럭바위는 늘 비틈허지. 사득다리도 안다니깐. 산벼락을 맞은 이후로 살님네가 생겼다 하네. 보득솔도 알고 보드기도 알아. 지리산에 소문이 빠르거든. 두 사람은 너럭에게 약속했데. 고주박이 되도록 길을 걷자구.

뒤돌아서다 멈춰서다

꽃등에는 자신을 방어하는 침도 없고
무리를 불러내는 재주도 없다
벌들이 날개를 퍼덕이며 찾아가는 꽃을 따라
뒤쳐지지 않으려고 몸부림치는 꽃등에
그와 눈이 마주치자 그의 눈빛 안에
몸부림치는 내가 보인다
물속 바위틈에 구더기 시절
습지에서 숨어 지내던 유충 시절
이제 까맣게 잊고 꽃을 찾아 날아다니나
채우고 싶은 주머니는 늘 비어 있다
들녘에 핀 꽃을 찾아 온몸에
꽃가루를 묻히며 벌의 무리에 섞인다
저기 날아가는 붉은머리오목눈이에게
나도 침이 있는 벌이라고 말벌이라고
꽃등에는 우기면서 짧은 날개를 움직인다
꽃술이 흔들리고 다시 관절 마디의 잔털에
노란 화분의 냄새가 묻어난다

슬픔의 길

이위발

경북 영양 출생. 1993년 『현대시학』으로 등단. 시집 『어느 모노드라마의 꿈』 『바람이 머물지 않는 집』 『지난밤 내가 읽은 문장은 사람이었다』가 있다.

　지금 어디로 가고 있는가, 하루살이는, 황혼이 물드는 서쪽으로, 어둠에 갇혀 있는 치명적인 함정의 구멍을 돌고 돌아, 노을로, 사정없이 파고드는 깔따구처럼, 보이진 않지만, 이른 봄 출몰하여 연못으로 낙하하여, 그 먼 길

　어딘가로, 허기를 채우기 위해

　떠나는

우는 나무

마당 뒤편에 우는 나무 한 그루 있다.
나무는 그림자를 품은 채 울고 있다
울음이 끝난 뒤에도 계속되고
울음이 눈앞에서 어른거릴 때 현실은 시작된다
과거에도, 지금도, 앞으로도 그렇겠지만
나무를 흔들어주면 우는 나무 둥걸에선
안개가 눈꽃으로 피어나기도 한다.

필론의 돼지

필론의 돼지처럼
잠자고 있는 것을 흉내내고 있는데
벌 한 마리 방 안에 들어와
머리 처박다 떨어졌다 다시 처박는데
열려 있는 문 보지 못하고 창호지만 두드리다
어느 사이 빠져나갔는지 모른다
의식이란 스스로 발라놓은 창호지 같아
진실은 사람마다 다를 수 있고
다른 사람의 진실이
나의 진실이 아닐 수도 있는데
하늘 높아 보일 때 사람들이 외로워 보여
높은 것을 싫어하듯
내일을 말하지 않는 사람 곁에서
석 달을 넘기지 못하고 떠나듯
돼지는 뒷걸음질치며 악을 쓰고 있다
용서할 거리가 없다고 우기는 사람에게
용서하는 것이 얼마나 힘든지를

이정주

1953년 경남 김해 출생.
1982년 『현대문학』으로
등단. 시집으로 『행복한
그림자』 『문밖에 계시는
아버지』 『의심하고 있구
나』 『홍등』 『아무래도 나
는 육식성이다』 등이 있
다.

꽃

내가 눈사람이었을 때

너는 내게 다가와서 목도리를 매어주었다

내가 녹기 시작했을 때

네 젖가슴 속에는 꽃망울이 들어 있었다

내가 녹아 세상 바닥에 흥건히 고였을 때

네 가슴은 부풀어올랐다

너는 밤하늘에 누드로 누웠고

나는 구름이 되어

너를 감싸안았다

내가 다시 얼어붙기 시작했을 때

너는 동그마니 몸을 접어 달이 되었다

바람이 불었다

하늘 속 얼음덩어리 속에

꽃이 피어 있있다

피아노

피아노는 스스로 빙판 위를 나아간다
피아노는 종일 빙판 위를 미끄러져 간다
빙판 끝 높다란 빙벽 앞에서 피아노는 멈추어 선다

여자는 버스에서 내려 오랫동안 들판을 걸어간다
여자는 세상의 경계를 지나 얼음나라로 걸어간다
여자는 피아노 교본을 겨드랑이에 끼고
종일 빙판 위를 걸어간다
빙벽이 보이고 빙벽 앞에 선 피아노가 보인다

여자가 피아노 앞에 서자
여자의 몸은 얼어서 움직이지 않는다
여자는 쓰러지면서 피아노를 때린다
피아노는 커다란 소리를 낸다

빙벽이 쪼개진다
새 떼들이 날아오른다
여자는 얼음 위에 엎어져 있다
피아노는 얼음 속으로 조금 더 나아간다

류마티즘

아저씨는 피아노를 치다가 죽었다
건반에 머리를 처박고 죽었다
그리고 조금씩 피아노 속으로 빨려들어 갔다
아주머니는 아저씨 생각이 날 때마다
피아노 앞에 앉았다
아주머니가 손뼈를 건반 위에 올리면
아저씨가 잘 치던 곡이 피아노에서 흘러나왔다
아주머니는 춤추듯이 건반 위에서 손가락을 놀렸다
노래는 조금씩 틀리기 시작했다
아주머니의 손가락도 이제는 통증을 느끼기 시작했다
창밖으로 트럭이 소리치며 지나갔다
중고 피아노 삽니다
아주머니는 손가락이 아파도 울면서 건반을 두드렸다
노래는 거의 다 망가졌다
며칠 뒤 건반을 두드리니 피아노에서
신음소리가 들렸다
창밖으로 트럭이 지나가다가 섰다
면장갑을 낀 남자들이 들어왔다
남자 하나가 피아노 건반을 두드려 보았다
아무 소리도 나지 않는군요
남자들은 텅 빈 피아노를 트럭에 싣고 떠났다

돼지와 진달래

이진욱
전남 고흥 출생. 2012년
『시산맥』으로 등단. 시집
으로 『눈물을 두고 왔다』
가 있다.

먹다둔 족발을 꺼내 다시 뜯었다
지난 봄 본가에서 가져온 두견주도 땄다

또 술이냐며 눈 흘기는 마누라의 지청구를 귓등으로 들으며
욕심만큼 잔을 채우고 뜯을 만한 고기가 있으니 설달 밤이
살 오른 돼지처럼 포근하다

이처럼 순박한 술상이 또 있을까 하며 잔을 비웠다
달착지근한 맛이 입에 오래 맴돌고
부족한 것 없는 돼지가 되어 얼굴이 붉어졌다

두견주 향이 가득한 밤
붉어진 것은 나인데
아내가 진달래꽃처럼 앉아 있다

창 너머 눈송이가 자꾸 집안을 훔쳐본다

이월

바닥이 보일 때까지 얼굴을 파묻었다
이월이 빨리 지나갔으면 하고
서늘한 등을 짊어지고 늦은 저녁을 먹었다

숟가락질 몇 번 하지 않아도 밑이 되는 그릇
살아가는 데 한 숟가락만큼 부족한 이월의 끝은 멀다
혼자 겪어내기 때문에 까마득한 달

겨우내 당신의 눈빛 , 말에 차일 때 돌멩이처럼 맥없이 구
르다 박혀 얼기도 했다
모질게 살았지만 폐 끼치지 않았으니 다행이고
이월移越시키고 싶지 않은 이월이 다 가기 전에 그릇은 바닥
났지만
불만을 품지 않았다

눈보라가 지나간 뒤 별빛을 가슴에 모아두었다

아득한 당신이 오길 기다리며
동백꽃에 쌓인 눈을 쓸어 그릇을 씻었다

아버지의 약발

돼지머리를 얻은 아버지가 고향으로 갔다. 백부 보신용이라고 했지만 고향바다가 숭어 반, 물 반이라는 기별을 들었기 때문이다. 고향 아제가 훌치기낚시로 한 포대를 잡았고 또 누구는 투망으로 몇 지게를 잡았다는 소문도 들었다. 낚시라면 자다가도 벌떡 일어나던 아버지. 숭어 떼를 쫓는 숭어앓이를 하였다. 목련 봉오리가 숭어로 보인다고도 했다. 돼지머리를 들고 길을 나선 날 저물녘 즈음 묵직한 하루를 짊어지고 왔다. 구경나온 집마다 한두 마리씩 나눠줬다. 어머니는 시커먼 칼을 숫돌에 빠르게 쓱싹거렸다. 뻐끔거리던 숭어가 도마에서 출렁였다.

아버지를 펄쩍 뛰게 한 숭어가 고향을 맴돌고 있다.

땅벌

이창수

1970년 보성 출생. 2000
년 『시안』으로 등단. 시집
으로 『물오리사냥』 『귓속
에서 운다』가 있다.

허리 다친 형님 대신 벌초하러 갔다
증조부 손들은 여자와 미혼 남자 제외하고
벌초에 참가해야 했다
그렇다면 나는 가지 않아도 되는데
늙은 형님들은 너만 예외라며 갈퀴와 낫 쥐어주었다
속으로 씨벌씨벌 갈퀴질하다가 벌집 건드렸다
땅벌들이 달려들었다
물 한 잔 마셔도 위아래가 엄하던 질서가
땅벌 앞에서 무너졌다
장조카와 사촌형님이 고조부 증조부 산소 지나
할아버지 할머니 산소 밟고 도망쳤다
씨벌씨벌 갈퀴와 낫 팽개치고
비탈길 지나 개울 건너 아버지의 낡은 옷 걸친
허수아비 아래 엎드렸다
고을 원님이 와도 함부로 일어서지 않는다는
집안 위계가 무너지고
내년부터는 시집간 딸들도 벌초하러 와야 한다고
퉁퉁 부은 얼굴로 입 모았다

사슴

명순 씨가 울고 있다

화장하고 일 나가는 명순 씨에게
왜 이렇게 이뻐졌어! 농담 던지면
부끄러워 얼굴 붉히는 명순 씨는
올해 쉰 살을 넘겼다
누구에게도 나이 가르쳐주지 않던 명순 씨는
서울은 몇 살에 올라왔냐?
올라온 지 얼마나 됐느냐는 질문에 나이를 들키고 말았다
캔맥주나 사과 같은 걸로 내 입 막으려는 명순 씨는
화장하면 스무 살로 보인다
며칠 전 몸이 아파 일 나가지 못했던 명순 씨가
큰맘 먹고 인터넷으로 사슴피 구했다며
북간도농장이라는 상표가 붙은
파아란 사슴피가 담긴 비닐봉지 주고 갔다

북간도농장 사슴피 먹고 일 나갔다 무리에서 쫓겨난
명순 씨가 운다

사슴보다 슬피 운다

복내

친구 집에 갔다가
방바닥에 놓인 편지 읽게 되었다
한약방 노인이 마을 사람들에게 남긴 편지였다
그동안 복내에서 밥 먹고 살았으니
고맙다는 내용이었다

오랫동안 노인의 어린 딸 찾아헤맸다
그녀에게 보내는 편지 썼지만
마지막 문장 다 마치지 못하고
타지를 떠돌았다

강물 위 벚꽃이 떠다녔다
강물 위 벚꽃으로 떠돌았다

외사랑

이철경

2011년 '목포문학상' 평론
본상을 수상하며 등단. 시
집으로 『단 한 명뿐인 세
상의 모든 그녀』 『죽은 사
회의 시인들』 『한정판 인
생』이 있다.

상대를 향해 점프 후
착지 순간,
불화살 같은 팔꿈치가
명치를 파고들더니
폐부 깊숙이
밀물처럼 통증이 몰려왔다

그날 이후
주저앉아 힘주거나
고양이 하품에도,
봄 햇살 그루밍에도
이토록 아픈 줄
처음 알았다

더없이 투명한 블랙

다리 잘린 노동자
허공에 대고
무좀을 긁으려다
멈칫, 헛손질하는
공허한 시간

지난 밤 헤어진
가난한 애인만이
스타킹에 감싼 상점의
마네킹처럼
머리에 걸려 있을 뿐,

기억처럼 질긴
먹고사는 문제를
벗어나려 하지만
현실은 지독히도 악착같다

지금은 시간의 힘줄과 투쟁 중이다

밤 열차

늦은 시간 남루한 사내가
노약자석에서 졸고 있다
내릴 곳을 잃었는지
이따금씩 초점 잃은 눈빛으로
부평초마냥 공간을 흐른다
저 중년의 사내,
삼십 분 전
의자 난간을 부여잡고
흐느끼는 어깨를 보았다
저 꺾인 날개의 들썩임
전철도 부르르 떨면서
목 놓아 우는구나
중년의 무게에 짓눌린
밤 열차도 흐느끼며 뉘엿뉘엿
남태령 넘는구나

축구와 구보驅步
백인덕

아무도 믿지 않겠지만, 초등학교 5학년 때 나는 축구부원이었다. 특별활동이나 지금의 방과 후 활동 같은 것이 아니라 교장 선생님의 지시로 만들어진 학교를 대표하는, 감독도 코치도 유니폼도 다 갖춰진 정식 축구부의 부원이었다. 그때는 안경을 쓰지도 않았고, 다리를 다치기 전이라 절뚝이지도 않았으며 당연히 술, 담배를 하지 않았기에 잘 뛰고, 잘 부딪히고, 잘 뛰어올랐다.

그 유명한 베이비부머세대의 끝자락인 내 출생으로 미뤄 혹자는 전교생이 채 백 명이 되지 않는 산골이나 낙도의 학교를 떠올릴 것이다. 그렇지 않다면 도저히 아무리 초등학교라지만 정식 축구부원이 될 리 만무하다고 생각할 것이다. 하지만 그런 생각은 지금 내 모습을 알기 때문에 자연스럽게 범하게 되는 환원적 오류일 뿐이다.

나는 서울 변두리에서 태어나 성장했다. 강동구 성내동에 가면 내가 졸업한 성내초등학교가 아직도 그 자리에 그대로 있다. 내가 6회 졸업생이니 지금쯤 50회 졸업 예정이 최고 학년이 되었겠다. 인구절벽이 웬 말? 당시는 인구 세렝게티였다 해도 과언이 아니다. 등하교 시간에는 아이들이 넘쳐났다. 당연히 2부제 수업이었고 한 학년이 몇 개의 반인지 셀 수도 없었다. 당시를 회상하는 것은 물론 나의 대표성을 확실하게 부각하기 위한 치졸한 전략이다. 선발 테스트를 통해 당당히 뽑혔다.

사실, 이렇게 픽션으로 만들고 싶은 게 솔직한 맘이지만 내 뼈와 피와 성향이 어디 갔다왔겠는가? 내가 축구부원으로 뽑힌 건 명백한 팩트fact인데, 이유는 좀 다르다. 먼저 감독 선생님이 5학년 당시 담임 선생님이었고 심부름 잘하는(말귀를 잘 알아먹는) 나를 당번병처럼 쓰고 싶어했다, 코치님은 그 학교의 1회 졸업생이었는데 내 작은 형의 친구고, 나한테는 동네 교회 형이었다. 이런 뒷배가 있었다.

돌아보면 반 년 남짓 축구부원을 했지만, 거의 매번 공을 관리하거나 주전자에 물을 떠오거나 감독님의 잔심부름만 했던 것 같다. 그래도 저학년 꿈나무들이 볼 드리핑이나 슈팅 연습할 때 슬쩍 끼어 좀 했다. 무엇보다 학우들이 만들어준 유니폼이 미안해서가 아니라 유니폼에서 별로 땀 냄새가 나지 않자 엄마가 괜한 짓 그만하고 일찍 집에 와서 여동생이나 보라고 번번이 화를 내셨기 때문에 지청구를 피하기 위해 개인 연습을 할 수밖에 없었다.

어쨌든 그해 가을, 축구부원이 된 지 반 년이 좀 지나, 지금의 송파구 방이동에 있는 중대초등학교와의 친선경기에 처음으로 동행하게 되었다. 그 학교는 시작한 지 십 년이 넘은 지역의 축구 명문이었다. 뒷말에 의하면 여러 선생님들이 그 학교 체육 관계자들에게 손을 써서 겨우 성사된 시합이라고 했다. 결과는 참혹하게 졌다. 스코어는 기억 안 나고 오죽하면 후반에 내가 뛰었으니 더 말해 무엇하랴.

한 오 분 뛰었나보다. 공은 그림자도 못 봤는데 남의 학교 운동장 구석에서 맞고, 또 맞고, 또 맞았다(아마 순서가 교감, 감독, 코치 순이었나?) 그래도 응원하러 온 어떤 학부형께서 하드를 하나씩 사주서서 부은 뺨으로 낄낄대며 달게 빨았던 좋은 추억도 있다. 문제는 그 다음이었는데, 감독님이 시합 안 뛴 선수만 데리고 버스 타고 가버렸다. 남은 선수들은 코치와 함께 뛰어서 학교로 돌아오라는 것이었다. 지금도 버스를 타도 30분이 걸리는 거리인데…… 물론 코치는 자전거를 타고 휘슬을 불며 뒤에서 우리를 채근했다.

지금도 눈에 선한데 방이동에서 성내동으로 가려면 반드시 성내천이라는 하천을 건너야 한다. 그런데 그 하천의 둑을 따라 한강 쪽으로 내려가면 우리 동네 풍납동이고, 나고 자란 그 동네는 윗바람드리, 아랫바람드리 할 것 없이 내 손바닥 안이나 다름없다. 너무 지쳐선지 화가 나서였는지 아님 내 한계를 깨우치는 어떤 구원의 소리를 들었는지 기억이 가물가물하지만 나는 학교가 아니라 집으로 냅다 뛰어갔다. 씻고 저녁 먹고 무조건 잠들었고, 다음 날은 부은 얼굴을 무기로 아프다고 학교에 가지 않았다. 그렇지만 축구부에서는 아무도 나를 찾지 않았다. 심지어 감독인 담임 선생님은 아무렇지도 않게 교실 심부름만 자주 시켰다. 그 이후로 축구는커녕 족구 대표로도 지목된 바 없다. 자청해서 뛰다 결국 같은 결말을 맞곤 했다.

시인축구단 글발에 와서 축구 경기에 관한 한 내 입지가 달라진 것은 눈곱만큼도 없다. 자체 경기가 아니라면 유니폼 입을 일도 별로 없다. 하지만 단 하나 현격히 달라진 것이 있다. 비록 경기에 지더라도 다신 달릴 일이 없다는 것이다. 오히려 거나한 뒤풀이 끝에 택시를 타기 일쑤다. 늙은 건지 팔자가 핀 건지는 아직 아리송하다.

나를 지켜준 축구

이시백

공을 찬다는 건 사람마다 의미의 개별성이 다르리라. 어릴 때부터 축구를 좋아했던 나는 어떤 의미를 가지는가? 좁은 골목길이든, 작은 운동장이든 사람과 공간이 어우러지면 그 시간만큼은 나는 최고의 몰입도를 유지한다. 지금도 어딘가로 공을 차러간다는 약속이 정해지면 커다란 설렘이 향기를 더한다.

이러구러 추억의 영사기를 돌려보면 생각나는 게 몇 가지 있는데 겨울방학 때 김해 친척집에서 지낼 때 논두렁 축구가 떠오른다. 동네 형들하고 동무들이 서로 어울려 돼지방광에 바람을 넣어서 이리저리 뛰어다니던 기억. 사실 그때는 방광인지도 몰랐다. 어느 정도 철들어서 놀창놀창한 그게 그것인 줄 알았다. 그 방광은 하도 제 맘대로 튀는지라 한 나절을 뛰어도 몇 번 차보지도 못한다. 그저 아기 돼지처럼 씩씩거리며 꿀꿀대다 보면, 어느새 축 처진 돼지불알이 되고 만다. 마른 논과 질퍽한 논 사이를 우왕좌왕하다보니 그야말로 옷이 진흙범벅이라 집에 가기 전에 개울물에서 대충 씻고 몰래 들어갔지 싶다. 여기까지의 기억도 아삼삼하다.

어릴 때 또 하나의 놀이 중에 정구공으로 노는 놀이가 많았는데 그 중에 골목 축구가 있다. 골목길에 책가방을 세워놓고 자유키퍼를 서며 삼삼오오 공을 찬다. 작은 공이라 아차 하면 발에 밟히고 상대의 발을 밟기 일쑤이고, 세게 차노라면 운동화가 휙 날아가버린다. 그래도 패스의 정확도, 페인팅 기술과 전술까지 짜가며 정구공을 차며 놀았다. 어쩌다 밤 늦게까지 시합을 하면 작은 공이 잘 보이지 않을 정도이다. 그저 가로등 아래에서 감으로 찼다. 나는 몸이 왜소한지라 상대적으로 많이 밀렸다. 아마 이때부터 발 빠른 동작을 구사했나보다.

초등학교 4학년 시절에는 주로 돌멩이로 축구를 했던 기억도 있고, 그저 바람만 들어가 있는 고무공이 있다면 아주 신나는 일이다. 그리고 맨발로도 축구를 많이 했다. 변변치 않은 신발인지라 맨발이 훨씬 편한 시절이니. 맨땅에 맨발이니 가끔 발가락에 피가 나기도 했으나 개의치 않았다. 맨 처음에는 골키퍼를 봤고, 다음에는 수비수를 주로 봤다. 그리고 열일곱 살쯤 되었을 때부터 공격수를 주로 했다.

가정 형편상 학교를 못 다닌지라 맨날 축구를 하며 살았다. 나와 같은 처지에 친구들이 제법 있어서 산동네 공터에 나가면 늘 공을 찰 수 있는데 일주일 내내 축구를 하다보면 나중에는 허벅지가 쑤시고 욱신거려 걷기조차 힘들 때도 있었다. 몸 상태를 전혀 살피지 않은 속없는 시절이었다.

이렇게 죽기살기로 축구에 매달린 이유가 뭘까? 청소년기에 반항의 빈 공허와 넘치는 에너지가 온통 공을 차는 데 집중되었다고 본다. 이때는 승부욕도 강해서 동네 축구부를 만들어 원정 경기도 다니고 했다. 초등학교를 졸업하고 노는 시절이니 운동장에 모여서 삼각패스, 공중볼 다루기, 페널티킥, 중거리 슈팅 등등 축구 교본을 서로 봐가면서 아주 정열적으로 축구에 임했다. 또래 여학생들도 있어서 그들은 우리를 함께 응원하였다. 참 즐거운 시절이었다.

지금 글발을 생각해도 그렇다. 한 달에 한두 번이나 혹은 몇 달에 한번 공을 차기는 하지만, 그 설렘의 각도는 결코 기울어지지 않았다. 이제 나이가 들어서 운동장에 서성여보면 제일 먼저 주력이 딸린다. 축구는 발재간과 감각, 전체를 볼 수 있는 눈, 팀워크가 중요하지만 개인의 입장에서는 가장 중요한 게 달리기의 속도이다. 순간 스피드와 지구력이 있어야 온전히 견딜 수 있다. 즉, 체력이 좋아야 한다는 말이다. 삼사십대의 전성기는 지났다. 이제 모름지기 잘 차는 게 아니라 잘 견디며 즐기는 게 목적이다. 몸 다치지 않고 말이다.

그리고 축구를 하는 의미의 백미는 사람들과의 뒤풀이다. 친화력과 만남의 순수를 가름하는 자리. 원처 근처에서 모여서는 그간의 미담을 공유하고, 다음을 기약하는 맛이야말로 음식의 제맛에 흥을 돋운다. 공을 차며 일생을 건강하게 보냈다는 건 삶의 질적인 면에서 행운이다. 내 스스로 관절을 움직이고, 판단하여 다른 이들과 긴밀한 조응을 하는 공간, 생물학적으로 생태적 지위를 높이는 순간이다. 이런 순간의 연장이 이어지면, 정신건강에도 청색불이 들어오리라 확신한다.

모든 운동이 나름의 가치를 부여하겠으나 축구는 개인사를 넘어서 '더불어 함께'라는 공동선을 추구한다고 본다. 나는 여기에 의미를 둔다. '시인축구단 글발'에 참여한 지 어언 10여 년 세월이 흘렀지만 그 가치의 확신성에는 변함이 없다. 우리 글발은 '더불어 함께' 앞으로도 이어질 것이다. 서로의 건강을 위해 징검다리가 되어주는 힘. 이것이 글발의 존재 가치이다.

전설은 죽지 않고 살아 있다

이위발

노을이 시루봉으로 사라지고 어둠이 밀려와도 돼지불알로 만든 공은 발에서 떨어지지 않았다. 마을에서 큰 마당이 있었던 이장네집에서 쫓아낼 때까지 차고 또 찼다. 별다른 규칙 없이 그어놓은 칸 안으로 넣기만 하면 골로 인정하는 게임이었다. 공을 잡기 위해 서로 뒤엉켜 옷이 찢어져도 마냥 즐거웠다. 미운 놈이 있으면 일부러 태클을 걸어 넘어뜨려놓고 돌아서서는 음흉한 미소를 띠기도 했던 기억이 새롭다. 초등학교 졸업하기 전까지 돼지불알은 유일한 우리들의 공놀이였다.

중학교 들어가서야 축구라는 규칙에 의해 공을 차기 시작했다. 당시엔 반 대항이 있어 죽기살기로 찼던 기억이 있다. 이유는 한가지였다. 배고픈 시절 체육 선생은 우리들의 마음을 꿰뚫고 있었다. 우승하는 반에겐 짜장면을 먹을 수 있는 호강을 주었기 때문이었다. 짜장면 한 그릇에 목을 걸었던 게임은 생존경쟁의 축소판처럼 너 죽고 나 살자는 식이었다. 하지만 게임은 무승부로 끝을 맺고 짜장면은 하늘로 날아가버리기도 했다.

고등학교 때는 축구를 한 기억이 별로 없다. 쉬는 시간에도 교련 총검술을 한 기억, 기껏 해봐야 핸드볼 공으로 족구를 한 기억뿐이다. 대학 입시라는 굴레를 벗어나지 못했고, 쉬는 시간만 되면 월담해서 담배 한 대 피우고 오거나, 찐빵 한입 물고 오는 게 고작이었다. 몸이 근질거리면 태권도장에서 한판 붙는 게 스트레스를 해소할 수 있는 유일한 돌파구였다. 학교

앞에 태권도장을 2년 동안 다니면서 도장에 나오는 미국 군인과 대련을 하면서 유단자가 되었다.

어느 날 학교에서 비산동파 행동대원이었던 똘마니와 맞짱을 뜨게 되었다. 시비는 당연히 똘마니가 먼저 걸었다. 그동안 내가 태권도를 배우고 있다는 것을 알면서 콧대를 꺾으려고 기회를 엿보고 있었던 것이다. 점심시간에 똘마니가 걸상에 걸터앉아 짤짤이를 하고 있었다. 내가 지나가다 몸에 부딪히는 바람에 손에 있던 동전이 떨어진 것이다. 그 순간 눈깔에 힘을 주면서 육두문자가 튀어나왔다. 결국 싸움은 복도로 나와 대련 비슷하게 폼을 잡고 있었다. 그런데 똘마니가 갑자기 유리창을 깨더니 깨진 유리를 잡고는 덤벼들 기세였다. 하지만 태권도 유단자인 내가 똘마니한테 당하면 쪽팔리니까, 자세를 취한 채 빈틈을 노리고 있었다. 그 순간 똘마니가 덤벼드는 사이 이단 옆차기로 얼굴을 가격했다. 똘마니는 바닥에 떨어지자마자 운동장으로 도망치기 시작했다. 교실에서 벌어진 일이라 어떤 놈이 고자질했는지 교련 선생과 학생주임이 뛰어왔다. 학생주임이 내 귀를 잡고 교무실로 끌고 갔다.

나는 반성문 열 장을 쓰고 훈계를 받고는 학교에 나왔지만 똘마니는 일주일이 지나도 학교에 나타나지 않았다. 한 달이 지나서야 부모님을 대동하고 학교에 와서는 다른 학교로 전학을 가버렸다. 학교와 비산동을 주름잡던 똘마니가 한순간에 무너졌으니 낯을 들고 다닐 수가 없었을 것이다. 이런 짓하느라고 고등학교에선 축구 한번 제대로 못하고 졸업했다.

천구백팔십년, 군대 입대하면서 축구는 다시 시작되었다. 논산훈련소에서 차출되어 수도경비사 33단 5중대 배속, 솔직히 말하면 별로 말하고 싶지 않은 군생활이다. 보충대에서 방

패마크를 달고 자대에 배치받은 곳이 서대문형무소 뒤편 33 경비단이었다. 연대병들이 모인 가운데 복싱으로 링에서 승부를 가려 우승자에겐 특별외박을 보내주었다. 난 피투성이가 된 채 쓰러졌고, 상대는 3일간 특별외박을 갔다. 여기서부터 깨지기 시작한 군생활은 만기 제대할 때까지 고난의 연속이었다.

군대 축구는 정기적으로 게임을 하였다. 체력단련 프로그램 안에 축구가 들어가 있었다. 하고 싶지 않아도 해야 되는 필수였다. 연대 대항전은 피 튀기면서 뛸 수밖에 없었다. 지게 되면 연병장에서 얼차려로 몸을 풀고는 내무반에 들어와서는 고참들이 가만 놔두지 않았다. 군기 빠졌다고 야전삽으로 닥치는 대로 때리고 원산폭격에 쥐잡기까지 기분 풀릴 때까지 엄청나게 족쳤다.

군대 축구는 악몽이었다. 게임을 즐기는 것이 아니라 죽기 살기였다. 똥볼을 차든 반칙을 해서 상대가 나가떨어지든 상관없이 이기면 모든 게 평화로웠다. 군대 축구 이야기는 여자들이 제일 듣기 싫어하는 것 중에 하나라고 하지만, 군대 축구는 피 튀기며 이야기해도 끝이 없는 것은 삶의 흔적이자 영웅담이기 때문이다.

병장 때의 일이다. 휴가를 나간 병사 하나가 귀대 날짜가 지났는데도 돌아오지 않았다. 이 병사는 우리 소대에 들어온 지 얼마 되지 않은 이등병이었다. 중대별 축구 시합이 한창일 때 이등병은 우리 중대의 떠오르는 태양이었다. 고등학교 때 축구부에 들어갔다가 아버지가 돌아가시는 바람에 축구를 포기하고 신문과 우유를 돌리면서 생계에 뛰어들었다고 했다. 이등병은 우리 중대가 우승하기까지 빛나는 수훈을 세우며 그라운드를 휘저으며 날아다녔다. 우리 중대의 전설 같은 존재였다. 난 그런 이등병이 자랑스러웠다. 그 이유는 내가 이등병의 사수였기 때문이었다.

하지만 그 감격스러움도 잠시뿐이었다. 우승 포상휴가를 받은 그가 귀대하지 않았다. 나에게까지 문책이 들어오면서 하루하루 피가 말랐다. 헌병대가 출동해서 수소문하고 다닌다는 소리까지 들렸다. 소대장은 중대장에 불려가고, 연이어 긴급회의가 열리고 어수선한 분위기가 계속 이어졌다. 그러던 중에 이등병이 보란 듯이 귀대한 것이다. 곧바로 이등병은 영창을 가고 한 달 만에 부대로 복귀했다. 그 이유는 나중에 들을 수 있었다. 이등병이 살던 동네 조기축구회 회장이 축구대회에 출전시키기 위해서 이등병을 포섭한 것이었다. 그동안 한번도 우승을 해본 적이 없던 동네 조기축구회가 이등병을 통해서 우승을 할 목적으로 꼬드겼던 것이다. 조건은 우승상금을 전부 이등병에게 주는 조건이었다. 훗날 이등병은 동네 조기축구회 회장을 맡으면서 죽는 순간까지 공을 가지고 놀았다. 잊지 못할 이등병이었다. 그런 이등병이 몇 년 전 대장암으로 세상을 떠났다. 장례식장, 영정 옆에는 축구공이 자리잡고 있었다. 환하게 웃고 있는 이등병의 얼굴은 골을 넣었을 때 웃는 모습과 너무나 닮아 있었다.

Part III   연장전

1991년 창단된 시인축구단 'FC글발'. 법도 주먹도 없이 팀이 한 세대 동안 유지된 비결은 "시 이야기를 하지 않는다"는 유일한 불문율 덕분이다. 시 이야기가 초래할 사태를 알고 스스로 입 다 무는 사람이 시인이기 때문이 아닐까.

지붕에 올라간 닭, 개 비웃는다

장종권
1985년 『현대시학』으로
등단. 시집으로 『아산호
가는 길』 『꽃이 그냥 꽃
인 날에』 『개나리꽃이 피
었습니다』 『호박꽃 나라』
『전설은 주문이다』 등이
있다.

  개가 닭 뒤를 쫓아다녔다. 개는 닭을 뒤쫓는 것을 재미있어
했다. 닭이란 놈은 문만 열면 어디든 들어가서 발자국을 남겨
놓고 똥을 누어놓고는 했다. 하지만 개는 닭의 이런 점 때문
에 닭을 쫓아다니는 것은 아니었다. 그저 재미있어서였다.

  닭은 어이가 없는 일이었다. 개새끼에게 원수진 일도 없을
뿐만 아니라, 밥 한 톨 뺏어먹거나 훔쳐 먹은 일이 없었다. 간
혹은 방심하다가 발목을 물린 일도 있고, 하마터면 목을 물릴
뻔한 적도 있었다. 저런 걸 미친개라고 해야 하나. 답답한 일
이었다.

  닭이 지붕 위로 올라간 것은 그 다음이다. 쫓아와봐라. 개
가 멀뚱멀뚱 지붕 위 닭을 쳐다본다. 개는 개끼리 놀아라. 그
건 또 힘이 들겠지. 약한 놈은 축에도 못 끼니까. 닭님이 고소
한 마음에 목청껏 꼬끼요를 외친다. 아침을 불러오는 것이다.

꼬랑지 사린 개도 꼬랑지 들 날 있다

항상 꼬랑지를 사타구니에 집어넣고 다니는 개가 있었다. 귓바퀴는 처져서 아예 귀를 덮어버리고, 눈은 뜬 건지 감은 건지 알 수 없었으나, 밥그릇은 잘도 찾았다. 주인이나 옆에 있어야 조금은 당당해지기도 했으나, 주인마저 비실이어서 도움받기는 애시당초 그른 일이었다. 아장아장 걷는 아이조차 발길질하기 일쑤였고, 뉘 집 강아지는 대놓고 으르렁거리기도 했다. 그러니 암캐를 만나기는 비 오는 날 별 보기보다 어려웠다. 염천 하의 복날에도 살아남았는데, 잡아먹었다가는 힘이 더 빠져나갈 것 같다는 인간들의 불안 때문이었다. 그러니까 그 해 삼복이 지나가자 꼬랑지 팔락대던 놈들은 거진 다 사라진 것이고, 이빨 까고 으르렁거리던 놈들도 그 이빨 모조리 사라진 뒤여서, 가만히 보니까 더 이상 꼬랑지 사리고 다닐 일이 아니었다. 어랍쇼, 개는 나 혼자야. 동네 닭들 다 몰고 다닌다.

문명은 똥찌꺼기

일억 년 후 지구의 문명은 똥찌꺼기로 냄새를 풍기면서 발굴된다. 훗날의 지구인은 미개한 과거 야만인들의 흔적에 혀를 끌끌 차게 된다. 이 시대의 문명은 골동품도 되지 못하고 열어서는 안 되는 오염원이 된다. 지구를 썩힌 문명을 도려내어 버릴라치면 머지않아 우주도 오염될까 두려워진다. 지구에 산 적이 있는 이제는 멸종된 것들이 죽어서도 우주를 오염시킨다는, 과거인지 미래인지 분간할 수 없는 생각하기도 귀찮은 시대에, 아직 태양도 달도 별도 건강하게 뜨고는 있다.

실연사

전윤호

강원도 정선 출생. 1991년
『현대문학』으로 등단, 시
집으로 『이제 아내는 날
사랑하지 않는다』『천사
들의 나라』『정선』『슬픔도
깊으면 힘이 세진다』등이
있다.

국보나 보물은 없지만
입장료도 없는
땀이 눈물처럼 흐르는
한 삼십 분 오르면
헉헉대는 육신 부처가 꼭 안아주는
그런 절이 있으면 좋겠다
거창하게 죽음을 꺼내지 않더라도
막 데어 어쩔 줄 오르는 화상 같은
이를테면 실연당한 사람에게
방석 내주고 차 한 잔 건네는
주지는 또 얼마나 아름다울까
낮에는 목탁이 달래고
밤에는 풍경이 다독거리는 추녀 밑
앉은뱅이책상과 이부자리만 있는 방에서
누구도 미워하지 않는 편지를 쓰면
다음날 환한 얼굴로 집으로 돌아가는
그런 절이 있으면 좋겠다

얇은 밤

밝으려면 세 시간이 남은 밤입니다. 다들 쉬는지 물소리 하나 나지 않고, 심장 뛰는 소리만 들리는 밤입니다. 호흡과 박동 사이 당신을 떠올리면, 부산쯤 기다리는 작은 배 한 척이 보이고, 바다 건너 자갈로 된 사막이 펼쳐집니다. 여우도 선인장도 없던 사막을 지우려는지 창이 조금 하얘지는 밤입니다. 사라진 왕조의 수도처럼 기둥만 남아, 마지막 순간의 대화재를 기억하는 두 손은, 아직도 당신을 놓치던 순간을 붙잡고 있습니다. 하얀 낙타 한 마리 세월교를 건너오는 밤입니다. 물병을 채우고 시집을 챙겨야겠지요. 길잡이별이 남아 있을 때 떠나려는 대상들이 조금 일찍 깬 밤입니다. 다시 지옥을 찾아가는 사내가 하프를 사르릉 사르릉 굴려보는 밤입니다.

굴뚝

봄볕을 따라가니 고향이었다
집은 다시 마당을 열고
목줄이 없는 개가 길길이 뛰며 반겼다
아궁이엔 불이 한가득
쇠죽이 끓고 있는데
굴뚝 같은 아버지는 보이지 않았다
멀리 다리 위에서
가방을 대충 든 아이들이
나를 보고 손을 흔들었다
하는 수 없이 밥을 안치고
아내를 찾으러 텃밭으로 갔다

고구마 줄기를 벗기는 여자

정병근

경북 경주 출생. 1988년
계간 『불교문학』으로 등
단. 시집으로 『오래 전에
죽은 적이 있다』 『번개를
치다』 『태양의 족보』 『눈과
도끼』가 있다.

세상의 할 일을 다 모은 듯
길가 배전반 옆에 쪼그려 앉아
고구마 줄기를 벗긴다
인생의 오랜 결론처럼 고개를 처박고
손톱 밑에 때 같은 생각을 할까

침 뱉는 풍속처럼 차들은 쌩쌩
우리 아이를 찾아주세요
실종 당시 사진이 붙은 전봇대 밑에서
캡 모자에 마스크를 둘러쓴
저 얼굴을 목격하고 싶다

고구마 줄기로 시작하는 죄들이
줄줄이 불려나와 차례를 기다린다
잘 팔려요? 집은 어디세요?
관원처럼 다가가서 추궁해볼까
잔털이 많은 뒷목덜미가 뽀얗다

머리를 드는 법도 없이
그 자리가 세상의 모든 자리인 듯
웅크린 몸이 블랙홀처럼 까마득해진다

온 힘이 손톱 끝에 모아진다
지문을 가르며 무수한 금들이 번진다

12월의 굴뚝

크고 높은 것이 혼자 서 있다
나는 길을 멈추어 사진을 찍는다
굴뚝을 품은 하늘엔 찬바람
속을 태울 벌건 무엇이 있다는 듯이
굴뚝은 높은 정신처럼 그 자리에 서 있다

밤을 새는 것들 말인데
도마 위에 불빛 말인데
그런 밤은 어둠을 삭제한
음악이 근원처럼 흘러나오고
귀의 완고함은 부드러운 육질을 선호한다

동파를 염려하는 수도꼭지의 지혜를 빌어
양계장에는 24시간 불을 밝히고 클래식을 틀어놓지
12월의 굴뚝 아래에서 나는 송연한 구석의 마음으로
뒤를 돌아본다

내가 보는 나와
아이가 보는 아저씨와
할머니가 보는 아들과
아주머니가 보는 남편과

또한 누군가가 보는 내가 지나간다

크고 높은 굴뚝은 거기 혼자 서 있고
굴뚝 같은 마음은 어떤 마음일까
나는 풍선을 나눠주던 키다리 아저씨의 귀가를 생각한다
짧은 해가 지고 밤이 오면
나 닮은 누군가가 공중의 집에서
12월의 전기를 쓸 것이다

굴뚝 아래 나무는 북데기를 덮어쓰고 있다
그 북데기에 셔틀콕이 얹혀 있다
짐작의 눈과 견해의 입과 쓸모의 손을 벗어난 곳에서
셔틀콕은 그저 아무것도 아닌 것의 일원이 되었다
마음 밖에서 흡족히 잊힐 것이다

12월의 굴뚝 아래에서는
모르는 것과 아무것도 아닌 것들이
찬 하늘을 쳐다보다가 슬그머니 지워진다

꽃과 별

생면부지의 말과 글을 타고
낯선 향을 품은 네가 온다
너는 빛나는 몰입

아름다운 오해로 채근하는
쉼 없는 언약이
폭죽처럼 태어난다

너는 너를 모르고
나는 나를 모른다

우리가 함께 있을 때는
가까워지는 일밖에 없어서
아주 멀어지고서야 반짝인다

조현석

서울에서 출생. 1988년
경향신문 신춘문예에 시
「에드바르트 뭉크의 꿈꾸
는 겨울스케치」로 등단.
시집 「에드바르트 뭉크의
꿈꾸는 겨울스케치」, 「불
법, …체류자」, 「울다, 염
소」, 「검은 눈, 자작나무」
등이 있다.

그냥 나무 하나

그냥 나무 하나 유심히 바라본다

그냥 나무 하나 새들이 떠난 빈 둥지 바라본다

그냥 나무 하나 고개 꺾어 꼭대기쯤 바라본다

그냥 나무 하나 끄트머리 구름 한 점 없는 창공 바라본다

양쪽으로 끝없이 늘어선 메타세쿼이어 중 가장 높아 우뚝한

그냥 나무 하나 곁에 두고 왼쪽으로 돌아본다

그냥 나무 하나 곁에 두고 오른쪽으로 돌아본다

그냥 나무 하나 끝자리 저무는 하늘 바라본다

그냥 나무 하나 뒤덮는 어둠 뒤집어쓰고 앉아본다

삼대三代

1

설 하루 앞두고 자유로, 외곽순환도로 달려 깔딱고개 두세
개 넘으며 하얀 구름 지나 비탈길 훑어 양주 감악산 아래 요
양병원에 간다 아프리카 난민아이처럼 침상에 웅크려 과거와
예견 못할 미래의 허공을 오가는 아버지 시선에 눈 맞추느라
바쁘다 서로 수화를 익히지 못한 눈길만 축축하다 해가 빨리
진 탓인지 흰 구름도 컴컴하다

2

설이 지나야 새해를 맞는 기분이 드니 나는 아직 꼰대구나
싶다 멀리 강남에 살던 아들이 차례 지내러 일산으로 왔다 가
방 던져놓고 휘리릭 나가더니 자정이 넘었는데도 들어오지
않는다 오랜만에 친구들 만난다는 문자 메시지 하나만 달랑
뜬다 섣달 그믐날 자정 지나 무릎 맞대고 앉아 밤을 치면서 부
자지정 나눌 시간이 없다

3

컴컴한 새벽 혼자 일어나 모닝커피 마시고 출근해 교정지
드나들다 혼자 점심 먹고 퇴근해서 호숫가 산책하고 티브이
보다가 지쳐서 스르륵 잠든다 어쩌다보니 아버지와 나, 아들
모두가 씩씩한 독립군 실소가 번진다 새해 새벽 일찍 들어올

아들 붙잡고 술 한 잔 따라주며 앞으로 계획은 뭐냐고 물어야
겠다 창 밖으로 새해 밝아온다

11월

산수유 열매가 벌써 붉다 봄날인 듯 착각해 느지막이 피었
던 민들레는 서둘러 홀씨를 날려 보낸다 벚꽃나무 잎들은 노
랗게 붉게 물들자마자 발 아래 수북하게 쌓여 썩어간다

한여름의 기억 더듬으려 귀를 세운 연잎들
날카로운 잎 끝을 더 뾰족하게 내민 대나무들
끝없는 하늘을 떠받들고 있는 억새와 수크렁들
잠 못 드는 메타세콰이어의 날카로운 신경들
늦은 밤 서리로 축축해진 어깨 움츠리며
어두운 호숫가를 걷는데 눈이 침침해진다
햇빛 아래서 나와야 할 눈물이
이젠 어둠에서도 마구 솟구친다

구멍 난 낙엽이 어깨를 친다 가을이 떠난다 가란 적 없는데
알아서 서둘러 간다 간절한 부탁 저버리고 간다 사는 게 원래
그러려니 어느 것도 내 편이 아니었으니까

나의 개

차성환

2015년 「시작」으로 등단.
시집으로 「오늘은 오른손
을 잃었다」가 있다.

　시골 장에서 까맣고 피부병이 걸린 못생긴 개를 샀다 귤장
수 할머니는 손목에 묶인 개줄을 내게 건네고 노잣돈 2,500원
을 받았다 황천길이 멀지 않았다나 이 불쌍한 것을 잘 부탁한
다면서 앙상한 손으로 귤을 어루만진다 자세히 보니 귤에는
하얗고 푸른 곰팡이가 덮여 있다 내가 지적하자 귤장수 할머
니는 아니야 아니야 소리를 지르며 허겁지겁 귤을 바구니째
까 잡숫고 황천길로 떠난다 이제는 내가 널 돌보마 내가 너의
주인이다 개를 앞장세워 걷는 마음은 이상하게 뿌듯하고 자
랑스러워 나의 사랑스런 까만 개여 나도 개가 생겼다 혹시 썩
은 귤 냄새나는 할머니가 그리운 거는 아니지 썩은 귤을 먹으
면 썩은 귤밖에 더 되겠니 우리 집에 가서 목욕도 하고 밥도
먹고 같이 잠도 자고 산책을 하며 지는 해도 같이 보자 나는
혼자고 끝까지 혼자고 혼자여서 내가 외로울 때 너는 작고 붉
은 혀로 내 발등을 핥고 나는 네 검은 털을 손가락 사이로 쓸
어주리라 개는 글썽이는 눈빛으로 나를 올려다보고 나는 어
깨를 들썩이며 우쭐거리다 순간 줄을 놓쳤을 때 빈 벌판으로
쏜살같이 도망치는 나의 개여 그곳에는 아무것도 없다 나무
한 그루 없이 지평선만 끝없이 펼쳐진 황무지 낮에는 작열하
는 태양과 밤의 지독한 어둠 속에 늑대 울음소리가 들리는 저
빈 들판에 너의 무덤만이 있다 금세 허기진 얼굴로 굶주린 배
로 풀이 죽어 다시 내게로 돌아올 나의 개여 허옇게 튼 입술을

달싹이며 배고파서 그랬어요 말을 하면 나는 아이고 배가 고
파서 그랬구나 호주머니에서 기쁘게 귤을 꺼내주리라 까맣고
못생긴 작고 슬픈 나의 개여

캐시미어

따듯한 나라에서 만든 스웨터를 샀다 주문하자마자 벨이 울려 나가보니 삐쩍 골은 양 한 마리가 추위에 떨고 있었다 털이 다 깎여 군데군데 찢어진 상처에서 피가 나오고 이게 어떻게 된 일인가요 전화로 항의했지만 연신 사과만 할 뿐 해외직배송이라 시간이 좀 걸립니다 문 밖의 양은 억울한 표정으로 문짝을 뜯어먹기 시작했다 우선 집에 들여 마시멜로가 들어간 핫초코를 마시게 한다 내 눈치를 보더니 식탁에 앉은 채로 존다 내 스웨터는 남쪽 섬에서 양털을 짜는 중이다 양털에 파묻힌 직공들이 땀을 흘리는 한여름 속에 있다 나는 애인도 없고 따듯한 겨울을 보내려던 것뿐인데 알프스에서 온 난민과 방을 같이 써야 한다 냄새나고 코를 고는 양 한 마리와

염소

다리가 네 개면 공을 잘 다루겠지 손을 발처럼 쓰고 그라운
드를 네 발로 뛰어다니면 누구든지 내게 패스할 거고 나는 앞
발이 생겼으니 뒷발로 넣는 척하면서 앞발로 넣을 수 있고 맘
대로 인조잔디를 뜯어먹다 심심할 때는 마음껏 심심할 수도
있겠다

최광임
전북 부안 변산 출생.
2002년 『시문학』으로 등
단. 시집으로 『내 몸에 바
다를 들이고』 『도요새 요
리』가 있다.

들어간다는 말

들어간다는 말은 뭔가 시작한다는 말이지. 이쪽에서 그쪽
으로 혹은 저쪽으로 경계를 넘어서는 것이지. 연두는 초록에
쳐들어가 녹음이 되지. 5월 어느 변덕스러운 날의 비를 타고
들어가지. 그러니까 초록이 무장무장 짙어지는 일도 들어간
다는 말이지.

작년 6월 나는 저 첩첩 녹음 밖으로 되짚어나갔지. 연두가
쳐들어간 초록을 쏜살같이 지나갔던 것인데, 녹음을 몇 폭이
나 헤치며 갔는지는 모르겠어. 들어간 곳에도 삼백 년 된 녹
음이 장엄했거든. 그게 한 생이 한 삶으로 들어가는 최초의
길이었지? 아마.

슬픔의 빛

계절이 숨은 바다엔 낮과 밤만 있었다. 적요는 태초에 바다의 것인 양 파도소리를 잠재웠으며 볕 좋은 오후 3시의 햇살과 놀기를 즐겨 했다. 그때마다 어디선가 몰려온 벚꽃잎 같은 물비늘들 반짝반짝 재잘거렸다. 신기한 듯 외톨이 길고양이가 오후의 수다를 엿듣다 사라지곤 했다. 길어진 그림자는 이내 저물었고 산분령 마을에 푸르른 어둠이 도착하곤 하였다.

여인은 그제야 울음보따리를 풀어놓았다. 어깨가 들썩일 때마다 불빛들은 그녀 삶의 상처만큼 주름을 만들었다. 낮의 적요가 사라진 건 아니었으므로 울음의 근원을 알 수는 없었으나 슬픔의 깊이는 짐작할 수 있었다. 어느 한 계절 여인은 해안 끝 마을 산분령 달방에 울음바다를 만들어놓고 적요와 살다갔다.

생명이 반짝였다

볕이 좋아 오빠가 있는 추모공원에 간다
햇볕은 무수한 무덤 위에도 내려앉고
내 차 보닛에도 미끄러진다

1월인데 무논에서는 와글와글 개구리가 운다
보이지 않는 음계로 가득한 허공이 반짝 경쾌하다

추모공원 앞, 나는 부활이요 생명이다 동판 문구에서
생명 글자만 쨍그렁 빛난다
바라보는 내 그리움도 쨍그렁 부시다

지금은 오후 세 시 반, 생명이 말씀으로 빛난다
하루에 한번은 반짝일 생명, 오빠

계절을 잃고 되살아난 개구리 떼창이
죽음 곁에서도 삶은 경쾌할 수 있다고 말한다

음계가 없는 말씀에도 시간은 기울어
유속 느린 물살같이 늘어지는 빛,
생명에서 구원 문구로 옮겨가는 중이다

나는 나를 어디까지 차버릴 수 있나

최세라

2011년 『시와반시』로 등
단. 시집으로 『복화술사의
거리』 『단 하나의 장면을
위해』가 있다.

빛을 잃었다
네가 없는 방향으로 공을 보낸다

두 개의 부서진 의자가 있는
야간 공터
쉼 없이 축구공이 굴러간다
검은 오각형들이
양말을 비집고 나온 발가락처럼 두드러진다

너는
아무도 들여다보지 않는 구석진 포지션에서 동공만큼 깊어진다
불빛도 없이
여름엔 툰드라에 갇히고 겨울에는 밀림에 갇힌다

지금은
달의 윤곽을 따라 앉은 하루살이 떼가
동시에 일 밀리씩 바깥쪽으로 밀리는 시간

끝없이 공을 차며 달린다
네가 있는 방향으로 공을 보내지 않기 위해
있는 힘껏 나를 차버리기 위해

공이 멈추면
이전보다 나은 공터가 나올 것이다
의자와 세트를 이루지 못하는 2인용 식탁
혹은
부러진 이젤에 걸쳐진 너의 초상화
그러나

이 그라운드는 너무나 사실적이야

가쁜 숨이 부려놓은 풍경이 환시처럼 덮쳐온다
누군가 패스한 공을 놓치기 위해
상대 팀을 연기한다

나는 나를 어디까지 차버릴 수 있나

모르는 사람

휴대폰 가게를 지날 때 당신과 듣던 노래가 흘렀지
나는 첫머리를 듣고
다음 사람은 후렴을 들었을 테지

리듬, 리듬, 스텝을 얹어 리듬

갈색에서 풀어지는 연두 잎이나 멀거니 보며
기대도 없이 당신 창 밑을 지나간다

스텝, 스텝, 리듬을 얹어

그때 우리에게 음악이란 그 노래밖에 없었고
이어폰의 두 선을 따라 공평히 갈라지던
당신과 난 노래의 불규칙 박자였지

지금은 모르는 사람이 되어 당신 창 밑을 지나가지만

여전히 휴대폰 가게 밑으로 그 곡이 흐르고
첫머리를 들으며 모르는 사람이 지난다면
나는
모르는 사람을 뒤따라가는 모르는 사람이 되어

끝도 없이 후렴을 반복하겠지
서로 다른 멜로디를 섞으며
다시, 그래, 아니, 그 부분만 또다시

손에서 악수를 뺏어 달아나는 밤이 시작되는 시각
녹슨 시소를 누르며 놀이터 너머나 쳐다본다
비로소
웃음기를 거두는 백치의 달

흐르지 않는 리듬, 끊김 없는 스텝
내가 만난 적 없는 사람끼리 모여들어

굴리기 직전의 공

골문 앞에서

당신은 잘못한 적 없나요
골문이라는 형식
앞에서
그 형식은 도무지 내용을 가만두지 못하는데
두 발 사이에 공을 꼬옥 가두면서
우리는 축구를 추구하지 못해요
오심을 잡아내려 관찰하고
심판을 심판하죠
골대에 쳐진 그물 그림자가
골키퍼의 등에서
일렁이는 사이
나는 수없는 손가락질을 멈추지 못하고 관람석에서 일어섰나요
당신의 페널티킥을 용납하지 못하나요
당신의 반칙과 우리 선수의 반칙 사이
심판이 놓친 틈서리를 기어이 상기시키며
튀고 구르고 날아가려고 해요

조심은, 조바심과 불안의 사생아인 조심은

나는 너에게서 특별한 문제점을 찾을 수가 없구나
라는 문장을 찾아

우리가 사는 모든 골문 앞을 기웃거리는데요

작은 꽃씨 몇 알

최영규

강원도 강릉 출생. 1996
년 조선일보 신춘문예로
등단. 시집으로 「아침시
집」 「나를 오른다」 「크레
바스」가 있다

담장 아래에
꽃씨를 뿌렸다

새싹을 기다리는 마음에 물을 준다
싹이 터 올랐다

매일 무거운 물통에 끌려다니며
바라보는 딸아이의 눈망울에
서둘러
나팔꽃이며 채송화가 핀다

딸아이는 금세 꿀벌이 된다
온종일 붉은 얼굴로
꽃밭 주변에서 윙윙-거리며 논다.

곰취와 함께

원주에서 출발한 비둘기호 완행열차에는
봄이 만원이다
풍선처럼 부풀은 짐보따리 안에는
곰취며 원추리며 참나물이
헐떡거리며 숨막혀 한다

서울로 떠나온 봄
무작정 상경의 대가는
경동시장의 후려치는 도매가격
그 쌀쌀한 먼지바람뿐이다

풀어진 보따리는 다 못 쉬었던 숨들을
몰아쉬고
순식간에 비좁은 거리를
푸른 곰치밭으로 만든다
원추리밭으로 만든다
참나물밭으로 만든다.

덕항산 동무들

산허리를 안고 돌아가자
길을 터주는 나뭇가지들이 처음 보는 나를 만져보느라
야단이다

나는 잠시 앉아 쉬기로 한다
산옥잠이 저만치 떨어져서 하얀 꽃을 흔들어 보인다

깨알 같은 꽃들을 접시만 하게 묶어 피운 당귀
곰취의 꽃은 길게 뻗어오른 줄기 끝에서
흩어질 것같이 피어 있다

바람이 분다
머리 위의 나뭇가지가 흔들린다
흔들리는 가지 끝에서 나뭇잎들은
비질하는 소리를 내고 있다
숲은 금세 비질하는 소리로 가득 차버린다

기억 속에 있는 많은 것들이 그 소리에
지워진다
투명해진 숲을 바라본다
이미
산은 내 안에 들어와 있다.

최춘희

경남 마산 출생. 1990년
『현대시』로 등단. 시집으
로 『세상 어디선가 다이얼
은 돌아가고』『종이꽃』『소
리 깊은 집』『늑대의 발톱』
『시간 여행자』『초록이 아
프다고 말했다』가 있다.

알약 한 알

수마트라인들은 검은 고양이를
미얀마의 카렌족들은 광적으로 개를 숭배한다

개가 달의 살점을 찢기 때문에 달이 붉어진다고 믿었던 카
렌족 사람들

달이 붉어지면 붉은 달은 흉조를 예언한다고 두려워했다
는데

나는 날마다
알약 한 알 입 속의 신전에 모셔놓고 기도하지 경건하게
고개 숙여 경배하고 두려워하지

세상의 그 어떤 상징적 동물보다도 전지전능한 힘을 가진
나의 구명수, 단 하나의
절대신

작은 알약 하나에 깃든 태허太虛
새 생명 우주가 열리고 지구가 돌고
병든 영혼의 목숨들 날마다 울고 웃는다

복사꽃, 봄꿈

물가에 서서 물그림자 바라보며
날마다 여위어갑니다
바람에 묻어오는 고요는 가만히
귀를 세우고 뒤꿈치를 들지요
풍경으로 산 지 오래입니다
조금씩 햇빛을 잘라먹으며
가끔 꿈속에서 본 까치 한 마리
동무하다 가지요
건너편 아파트 단지는 먼 외계의
행성같이 서 있네요
크고 강한 바람이 얼굴을 때려도
감정을 드러내는 법 결코 없지요
봄의 저편 무릉도원이 있다는데
이곳은 적막만 살고 물속에 비친
제 그림자 뜯어먹는 복사꽃 나무
해는 저물고 어둡고 축축한 밤의 시간이
어깨 위로 날개를 내리지요
아주 먼 기억의 길 끝에 서서
비처럼 음악처럼 꽃비 내리고
나비의 무늬를 따라가는 어느 봄날에
한번쯤 당신과 내가 우연히

마주친 적 있나요?

잡을 수 없는 봄꿈이 저만치
아득하게 멀어져 갑니다

나의 봄날

봄 햇살 따라가는 길마다
물오른 봄 나무들 연둣빛 입술 내밀고

봄 햇살 밟고 가는 길목에
봄꽃들 저마다 앞다투어 나를 물들이고

봄 햇살 피어나는 양지뜸 향기로운 아지랑이

봄이 와도 마음은 늘 멀고 먼 고비사막을 떠돌던
눈먼 바람이던 그 시절

범접해선 안 될 것 같았던 숱한 봄날들

더 이상 앞으로 나갈 수 없는 텅 빈 생의

도착점 닿아서야

온기 없던 그곳에 열지 못하고 스쳐간

닫힌 문이 있었음을 안다

지나보면 다 봄날이었고

꽃피던 아름다운 시절이었다

텅 빈 정오

최치언

1999년 동아일보 신춘문예에 시가, 2001년 세계일보 신춘문예에 소설이 당선되어 등단. 시집으로 『설탕은 모든 것을 치료할 수 있다』『어떤 선물은 피를 요구한다』『북에서 온 긴 코털의 사내』가 있다.

공을 굴리던 아이가 사라지고 없다

공은 혼자 굴러가고 있다
어디로 구르는지 공은 초조하다
이번엔 언덕이 가파르게 미끄러진다
놀란 아이가 골목에서 뛰쳐나온다
이미 늦었다
공이 불쑥 둥근 허리춤에서 손을 꺼내들곤
제 몸을 사뿐히 띄워 앉는다
둥실 허공 중에 멈춰 있다
아이가 발돋움하자

태양이 거대한 비명을 지르며 다시 구른다

구구단을 외자

구구단은 그렇게 외우는 게 아니야 누가 너보고
꽃이 아름답다고 했니 꽃에게 침 뱉지 말라고 누가
가르쳐주던 구구단은 그렇게 외우는 게 아니야
별들의 고향은 냄새나는 마구간이야
소라의 귀는 한쪽 콧구멍만 커다란 땅꾼이야
사랑하는 사람들은 악마의 발바닥이나 핥으라고 해
그래도 매미가 여름에 운다고 생각하니
겨울엔 눈이 내리고 떠나갔던 연들은 수평선에 걸려 있고
애가 정말 안 되겠구나 당장 동화책을 불태워버려
구구단은 그렇게 외우는 게 아니야
아버지가 엄마를 낳았어 그러니까 때리는 거야
기차를 세우는 방법은 표를 찢어발기면 돼
용기는 빈 주전자처럼 쉽게 달아오르고 식어버려
비굴하게 웃으면 아무도 너를 보고 비웃지 않아
그러니까 구구단은 그렇게 외워서는 안 돼
하나님이 교회에 계신 건 배고프기 때문이야
그러니까 목사에게 무엇도 구걸하지 마 그분도 사시는 데
벅차고 힘드신 분이야
나무를 심으면 산불이 안 나니 달이 뜨면 아침이 안 오니
무엇 하나 제대로 아는 게 없구나
애가 정말 안 되겠네 구구단은 그렇게 외우는 게 아니야
앞으론 냉장고 속에서 얼음을 얼리는 잔인한 짓 하지 마

네 가슴속에다 불을 지피는 게 너는 좋으니
오늘부턴 구구단을 이렇게 외워
이 땅에서 살인자는 구원을 얻는다
그들에게 허리를 굽혀 인사를 하면 존경을 받는다
이웃집과 담장은 높을수록 좋다
아침에 그들과 싸우고 저녁에 그 집에 불을 지른다
아마의 이마에 키스를 하고 너의 영혼을 쥐버린다
그러면 그 누구도 너를 사랑하지 않을 거야
사랑받지 못한 너는 구구단에 더 이상 신경 쓰지 않아도 돼
네 멋대로 외우고 결론만 얘기하자고 그래
구구는 팔십일

피노키오 避老基悟

구둣방 할아버지가 나무로 피노키오를 만들었다
할아버지는 피노키오를 만들었는데 정작 나무는 만들지 못했다
어느 날 피노키오가 이런 질문을 한다면,
할아버지 저는 누가 만들었어요?/ 내가 만들었지
제 몸은 왜 이렇게 비를 맞으면 젖나요?
나무로 만들었으니까/ 할아버지가 나무를 만들고
그 다음에 저를 만들었나요?/ 아니 나무는 집 밖에 혼자
자라고 있었고 내 손은 너만을 만들었지/ 그럼 나는 나무도
모르고 할아버지도 모르는데 어떻게 내가 나를 알 수 있나요?
그야 너는 거짓말만 잘하면 된단다
뭐라고 말하면 되나요?
나는 피노키오다 나는 정말 피노키오다
할아버지의 코가 뾰족하게 자라기 시작했다

구름 낀 문장

함기석
1992년 『작가세계』로 등
단 시집으로 『국어선생은
달팽이』 『착란의 돌』 『뿔
랑 공원』 『오렌지 기하학』
『힐베르트 고양이 제로』
『디자인하우스 센텐스』가
있다.

배 한 척이
푸른 콧수염 휘날리며 항구로 들어서고 있다

먼 우주에서 유성우가
해변의 결혼식장을 향해 전속력으로 달려오듯

폭죽이 터지고
장미와 피가 구름에 스민다

저 멀리 도시에서 어둠은 흰 붕대처럼 풀어지고
밤마다 섬 해안선 따라

온몸을 고대의 어휘로 문신한 나신의 여인들이
검고 긴 바늘 춤을 춘다

땅의 입과 하늘의 항문을 촘촘히 꿰매어 움직이도록
숨 쉬도록

나는 어두운 급류
너는 눈보라 치는 사막, 우린 구름 낀 문장

낮과 밤이 사라지고
무모한 장미는 찢긴 눈이 아름답다

하얀 드레스 길게 끌며 바다 위로 걸어오고 있다
또 한 척의 도도한 배가

눈싸움 야구

눈사람 랭보가 나를 응시하고 있다
흰 눈 물고기 떼가 파닥파닥 지느러미 흔들며 헤엄치는

혹한의 야구장 아르케, 연장 13회 투아웃 상황이다

나는 타자다!
홈베이스에서 랭보가 방망이를 빙빙 돌리며 외친다

눈보라 한복판에서 나도 모자를 눌러쓰며 외친다
나는 투수다!

왼손에 커다란 말장갑을 끼고 나는
지상 최대 강속구로 내 눈을 던진다 한 덩이의 공空을

150년 후에 내가 던진 검은 해를
150년 전에 눈사람 랭보가 친다, 친다, 미친다!

미美친다는 건
공을 치다 숨을 치다 사랑을 치다 그 죽음의 병살타에

어깨가 빠지고 영원히 눈 속에 빠지는 것

랭보가 칠루七漏를 향해 달린다
그때 그의 가슴에서 착색된 새 다섯 척이 날아오른다
검은 A, 흰 E, 붉은 I, 초록 U, 청색 O

눈가루가 되어 점점이 흩날리는 나

심장에서 검붉은 잉크가 뚝뚝 떨어지고 있다
눈동자 속에서 어린 북풍이 사납게 소용돌이치는 밤

뒤 보이스

독이 퍼지는 하늘이다

블루베리 케이크 옆 비틀어진 손목이고

사각死角의 탁자다

그 위에 놓인 검은 브래지어 찬 구름이다

끓고 있는 빗물이고

차도르 쓴 이란 여인의 슬픈 눈동자다

몇 방울의 타액, 몇 점의 가지 빛깔 흉터들

새벽안개 속 무연고 무덤이다

아무도 없는 겨울숲에 번지는 흰 총소리

뒤의 깊은 뒷면

납치된 피, 물속에서 피아노가 울고 있다

황종권

2010년 경상일보 신춘문
예로 등단. 시집으로 『당
신의 등은 엎드려 울기에
좋았다』가 있다.

이팝나무와 너구리

갈대숲과 모래 속과 수심 깊은 강줄기 곁에서
너구리가 지나갔다 너구리는 산지기를 피해서
산빛을 뚫고 도망쳐왔다

날개 달린 것을 물고 지나갔다
뭉게구름이 물렸을 것이다
빗소리는 털어냈을 것이다
번개에 혀는 데였을 것이다
어쩌다, 주둥이만 길어졌을까?
긴 주둥이, 굴을 파는 데 쓰였을 것이다
강물을 쑤시는 데 쓰였을 것이다

발자국은 장마에도 떠내려가지 않았다
저녁이 숨겨놓은 은신처는 없었다
몸이 동굴이고 몸이 잠이다
노숙은 영혼이 잠겨 있기 좋은 곳이다

주둥이 긴 것이 지나갔다
밤에만 지나갔다
밤이 와야 헛바닥으로
번지기 좋은 계절을 맛본다고 했다
털 빠진 너구리가 지나갔다

죽을 때가 된 거라고 했다
털은 몸은 가졌지만 몸은 울음으로 자주 들켰다

너구리가 지나갔다 우리 집 대문 앞에 와서 죽었다
나는 삽으로 화단에 묻었다
이팝나무 뿌리 밑에 묻었다
이팝나무 속에서 밤마다 너구리 울음이 새어나왔다

잉어 재봉틀

저 잉어가 물을 재봉하고 있다
목부터 자라 목부터 빛나는 잉어
비늘이 골무다

밤에도 천을 짜는 강은
등줄기에 물비늘 붙이고 다니는 잉어를 기다린다
처음 온 곳이 저녁 빛 아득한 갈대 뿌리인데
그 서늘한 날짜를 기록하는 산란철
먹구름을 부르듯 잉어는 아가미에 빗소리를 키우고 있었다

수초와 바위와 모래톱이 가위질을 시작했다.
산란이란 얼마나 날카로운 물소리를 가지고 있는가?
물의 봉재선을 꾸역꾸역 박고 넘기는 일
사실 무늬 하나를 빚는 일
별자리와 별자리를 잇는 징검돌이 되는 일

아무도 잉어가 물의 재봉틀이라는 것은 모른다
아무도 잉어가 주둥이로 물의 실을 잣는지도 모른다
윤슬은 잉어의 첫울음,
초록을 쏟아내는 버드나무 곁에서
잉어는 만삭의 별자리가 되거나

마른기침으로 배냇저고리를 짓고 있을지 모른다

잉어는 숨이 트이는 빛을 떠올린다
윤슬은 물의 탯줄을 가진 아이,
물길을 걷다보면 나도 저 잉어 재봉틀에서 태어난
물병자리 아니던가
만조의 별자리를 짜는 강, 잉어 재봉틀이 있어
지느러미 바늘처럼 반짝일 때
나는 속눈썹이 긴 딸을 낳게 되었다

물오리의 계절

젖은 발을 말리는 물오리를 봅니다
날개가 된다는 것은
바람 한 줌을 허파에 가두는 일입니다

물웅덩이를 신고 다니는 나는
잽싼 만큼 밤을 끈질기게 기다립니다
검은 장미 무늬 절벽을 가로지르는
나의 발목은 또 다른 절벽인지도 모르겠습니다
어딜 가도 베이고 상처 많은 발,
낭떠러지처럼 자주 넘어집니다

메아리 아닌 것이 강물의 귀에 부딪혔나봅니다
벽에 기댄 물의 힘줄이 일어서고

그렇습니다 나는 물빛이 아름다운 절벽입니다
나의 꼬리는 균형감각을 잘 잡아주지만
사실은 강이 잃어버린 날씨입니다
달이 어둠으로 차오르듯
나는 밤 늦도록 물의 절벽을 깎고 온 수행자입니다
눅눅한 물때를 벗으면서 또 한고비의 계절을 맞습니다

글발 시인들은 마음의 밥이다

최세라

내가 시인축구단 글발의 회원이라고 하면 사람들은 으레 눈을 크게 뜬다. 몇 가지 의문점이 표정에 드러났다 사라진다. 직접 선수로 뛰어요? 라고 드물게 묻는 경우도 있는데, 그럴 때 그의 얼굴엔 장난기가 묻어 있다. 나는 글발에 속해 있지만 축구 선수는 아니다. 사실 어려서부터 경기 규칙 파악하기, 제대로 즐기기 등 스포츠팬이나 플레이어가 되기 위한 필수 덕목이 결핍돼 있었다. 성적표는 체육 때문에 양을 키우고 있었다. 이런 형편에 몸까지 굼뜨다보니 선수로 뛰다간 다른 사람들을 다치게 만드는 인간병기가 될 확률이 90프로쯤 됐다.

도무지 왜 축구단 소속인지 스스로도 납득시키지 못한 어느 무렵에는 택시를 잘못 내려 대한민국에 이런 황무지가 있나 싶은 곳을 끝도 없이 걸은 적도 몇 번 있다. 걸으면서 생각했다. 경기력에 이바지할 것도 아니고 심판을 볼 것도 아니고 가서 오징어나 맥주를 팔 것도 아닌데 나는 왜 걷고 있나. 그러다보면 경기 시작 시간이 지나 있었다. 다시 나는 걸으며 집으로 돌아갈지 미안한 얼굴 위에 철판을 깔고 경기장에 갈 것인지 1초당 한번씩 마음을 바꿨다. 하지만 결국 운동장 둘레의 벤치에 턱, 가방을 내려놓으며 글발 시인들과 인사를 나누곤 했다. 그 속에 섞였다. 그럴 땐 밥을 아주 많이 먹은 기분이 들었다.

인정한다. 나는 사실 밥을 먹기 위해 축구장으로 갔다. 내게 있어 마음의 양식은 책보다 글발 시인들이었다. 허겁지겁 먹고 경기가 열리지 않는 날들을 힘껏 버텼다. 다시 마음의 배가 고파지면 경기를 알리는 공지가 떴다. 축구공을 몰아 골 안으로 날리고 싶을 만큼 기뻤다. 악연들에 시달리던 시절이었다. 일 대 일 공격과 협공을 견디며 내몰릴 대로 내몰리던 때가 몇 년이나 됐다. 그때 글발 시인들의 무심한 듯 깊은 마음에 의지했었다. 그들이라고 왜 나라는 존재의 존재 이유를 생각하지 않았겠는가. 기쁜 일에 동참하면 손발이 오그라드는 특성 때문에 응원할 때조차 꿔다놓은 보릿자루 같던 나란 존재를. 그들이라고 왜 운동장 구석에 앉아 경기 스코어조차 틀리게 세고 있는 내가 이상하지 않았겠는가.

아무것도 묻지 않고 그냥 받아들여준 유일한 곳이기 때문에 나는 시인축구단 글발 회원이 되었다. 회원이 되려면 3번 이상 출석해야 한다는 조항을 지키는 일은 정말 밥 먹는 일보다 쉬웠다. 간혹 실력 있는 시인들 사이에 자격도 없이 끼어들려 가입했다는 비난이 소문이 되어 귀에 도착했다. 남자 시인들의 뛰는 모습을 보려고 참석한다는 망상 비슷한 의견도 들었다. 나는 평온한 심성을 가지진 못했기 때문에 그런 말까지 들어야 했을 때 상당한 스트레스를 받았다. 그런 말을 하는 사람들도 시를 쓰는 이들인데 왜 그렇게밖에 생각하지 못할까. 반면 글발 시인들은 시에 대해 한마디도 나누지 않고 공만 차면서 어떻게 치열히 시를 쓰며 사는가. 주로 행동보다는 생각에 치우치는 나는 아직도 이런 의문을 풀지 못했다.

지금 내가 시인축구단 글발에 속해 있는 건 풀리지 않는 의문 때문이다. 이것이 해결되면 아마도 정식으로 탈퇴하거나 조용히 불참할 것 같은데 그런 날이 올지는 또 다른 의문이다.

서른 살, '시인축구단 글발'의 시인들

— '가인歌人' 또는 '가인佳人'들

박완호

　여기서는 어느덧 창단 30주년을 맞이한 시인축구단 '글발'이 걸어온 발자취를 살펴보면서, 지금까지 글발의 역사를 만들어온 시인들에 대해 뜻깊은 이야기를 나누는 시간을 가져보려고 합니다. 글발과 특별한 인연을 맺어온 두 분, 공[球] 선생과 글[詩]선생의 깊이 있고도 유머 넘치는 대화로 글발에 관한 많은 것들을 하나씩 풀어나가도록 할게요. 다들 시인이니, 이름 뒤에 시인이라는 표현을 달지 않기로 하고요.

시인축구단 '글발'의 시작

　공 선생 : 시인과 축구라는 전혀 어울릴 것 같지 않은 두 가지를 조합한 시인축구단 글발이 어느덧 창단 30주년을 맞이했습니다. 우리 둘은 처음부터 줄곧 글발과 함께해왔다고 할 수 있는데요. 글발이 어떻게 시작되었는지 글 선생께서 간단히 말씀해주시지요.

　글 선생 : 글발은 1991년 당시 서른 살 안팎의 젊은 시인들이 주축이 되어 시작한 축구 모임에 뿌리를 두고 있습니다. 김중식의 모교 출신들이 모여 만든 축구동아리를 비롯하여 '21세기 프론티어'라는 이름을 가진 팀 등을 상대로 많은 경기를 했는데, 그 무렵 활발하게 참여한 선수로는 형뻘인 이정주, 김왕노를 비롯하여 함민복, 최창균, 조현석, 최준, 김정수, 김요일, 전윤호, 이진우, 박정대, 김중식, 백인덕, 박완호, 함기석, 박형준, 신현철 등이 있습니다.

시인축구단의 이름인 글발은 김요일이 근무하던 학교 운동
장에 모여 공을 차던 1990년대 말에서 2000년 초반 무렵, 박
정대 시인이 제안한 '시詩발'이 지닌 어감을 듣기 좋게 바꿔서
만든 명칭이지요. '시詩-발'이라는 발음이 욕설을 떠올리게 한
다는 점 때문에 그 말이 갖는 의미를 유지하면서도 듣기에도
좋은 표현으로 순화할 필요가 있었거든요. 그때부터는 매달
한번씩 만나서 공을 차기 전에 항상 '詩(씨)-발, 글-발 파이팅!'
이라는 구호를 외치고 있지요.

단장과 총무 등 집행부를 만들어 축구단으로서의 체계를
갖추기 시작한 1999년부터 2000년대 초반에 이르는 시기를
글발의 첫 번째 전성기라고 부를 수 있는데, 그 시절 장종권,
채풍묵, 정병근, 우대식, 윤승천, 고영, 이위발, 문정영, 김승
기, 이시백, 최영규, 서수찬, 고영민, 이장욱, 박해람, 박후기,
최치언, 이창수, 고찬규, 김두안, 서영채, 김요안, 신준봉, 이
대식 등 뛰어난 문학적 역량과 빼어난 축구 실력을 갖춘 회원
들이 대거 합류하면서 팀의 전력이 눈에 띄게 향상되었지요.
서영채, 김요안, 신준봉, 이대식 같은 경우는 시인은 아니지만
글발의 핵심 전력이라고 할 수 있고요. 십여 년 전부터 최근
에 이르기까지는 김경주, 이준규, 박지웅, 황종권, 이철경, 이
상윤, 이진욱, 차성환, 김광호 등이 뛰어난 축구 실력을 선보
이며 주축 선수로 활약하고 있습니다.

축구를 즐기는 여걸女傑들과 글발의 후견인들

공 선생 : 글발이 가는 곳에는 언제나 몇몇 여성 시인들이 함
께하는 것을 볼 수 있던데요. 그분들에 대해 말씀해주세요.
또 지금까지 글발에 도움을 주신 분들이 있다면, 그분들에 대

해서도 말씀해주시고요.

　글 선생 : 축구를 즐기는 여성 시인들의 활약상을 빼놓고 글발의 역사를 언급하는 건 불가능한 일이겠군요. 축구 모임이 시작될 당시부터 거의 모든 경기에 빠짐없이 참여한 김상미를 비롯하여 글발 초창기부터 함께한 김지헌, 구순희, 신수현, 최춘희 등은 누구보다도 축구의 맛을 즐길 줄 아는 여걸이라 할 만하지요. 최근에는 김점미, 최광임, 최세라, 석민재 등이 그 맥을 이어오고 있는데 경기가 열리는 날이면 남자 선수들을 능가하는 에너지를 발산해가며 외치는 응원구호로 운동장을 뜨겁게 달구어놓곤 하지요. 오랜 세월을 함께한 김상미, 김지헌, 신수현 등은 글발 회원 사이에서는 이름 대신 누나라는 편한 호칭으로 불리고 있습니다.

　어디에도 속하지 않는, 말 그대로 단독자의 길을 걸어온 시인축구단 글발이지만, 글발의 뒤에는 축구를 즐기는 젊은 시인들을 아끼고 물심양면으로 응원해주는 멋진 후견인들이 늘 함께해온 것이 사실입니다. 한국시인협회 회장을 지낸 김종해 시인과 이건청 시인, 오탁번 시인 등은 선수들에게 유니폼을 선물하는 등 여러 차례에 걸쳐 통큰 후원자의 역할을 마다하지 않았고, 박종국 시인은 글발의 회원이 되어 기회가 있을 때마다 후배들을 위해 기꺼이 지갑을 열어가며 후견자의 역할을 톡톡히 해주고 계십니다. 회원들 또한 회비를 내는 것말고도, 문학상을 받거나 창작지원금을 받을 때면 그 가운데 일부분을 떼어 기부하는 전통을 이어오고 있습니다.

글발의 손발들

　공 선생 : 글발의 오늘이 있기까지는 여러 사람의 노력과 희

생이 필요했을 텐데, 그동안 글발의 손발이 되어 일해온 분들에 대해 말씀해주세요.

글 선생 : 자발적인 만남으로 시작한 글발이 축구단으로서의 체계를 갖춰나가기 시작하면서 누군가는 단체를 이끌어갈 손발 역할을 해야만 했는데, 맏형인 이정주가 초대 단장을 맡고 모임 초기부터 주도적인 역할을 해온 전윤호가 첫 번째 총무가 되어 모임 날짜를 잡고 다른 팀과의 경기를 주선하는 것은 물론 홍보를 포함한 크고 작은 일들을 도맡아하는 중책을 짊어졌지요. 이정주의 뒤를 이어 김왕노가 두 번째 단장이 되어 십여 년 이상을 이끌어오다가 김상미가 잠시 여성 단장을 맡아보기도 했지만, 지금은 다시 김왕노가 단장이 되어 뛰어난 리더십으로 글발의 후배들을 잘 이끌어주고 있습니다. 총무로는 전윤호의 뒤를 이어 박완호, 고영, 김요안, 박지웅, 황종권, 차성환 등이 어려운 임무를 맡았으며, 경제권을 쥔 회계 담당으로는 김상미, 신수현에게서 바통을 이어받은 최세라가 몇 해 전부터 글발의 실세(?)로 맹활약하고 있습니다.

글발과 함께한 인상적인 기억들

공 선생 : 글발의 시인들 가운데 재미있는 별명을 지녔거나, 특별히 떠올릴 만한 사건이나 기억과 함께하는 분이 있으면 말씀해주세요.

글 선생 : 단장인 김왕노는 시 쓰기에서 보여주는 에너지를 운동장에서도 그대로 보여줍니다. 환갑을 넘긴 나이임에도 불구하고 스무 살 안팎의 선수들과 맞붙어도 체력적으로는 전혀 밀리지 않으니까요. 그래서 다들 '폭주기관차'라고 부르지요. 골키퍼인 전윤호는 체격에 어울리지 않게 예민한 편이

라 가끔 토라지는 모습을 보일 때가 있는데, 그럴 때마다 다들 '삐돌이'라고 부르며 웃곤 합니다. 골키퍼인 서수찬, 수비수인 조현석은 평소에는 점잖은 편인데 상대편이 심한 반칙을 범하기라도 하면 한순간에 헐크로 돌변하는 기질을 보여줍니다. 그만큼 남다른 승부 기질을 지녔기 때문이겠지요. 최치언은 큰 덩치에도 불구하고 빠른 속도와 뛰어난 드리블 실력을 갖추고 있어 상대편에게는 상당히 위협적인 선수인데, 시인 소설가뿐만 아니라 희곡작가로도 눈에 띄는 활동을 펼치고 있는 다재다능한 친구이지요. 운동장 밖에서 실질적인 주酒전이 되는 백인덕, 김요일을 비롯하여 널리 알려진 주당酒黨도 여럿이고요. 한때 문단의 대표적인 주마酒魔로 활약하다가 지금은 금주와 함께 그동안 숨겨두었던 그림 솜씨를 자랑하고 있는 정병근도 빼놓을 수 없겠네요.

축구 경기를 마치고 나서 여럿이서 당구장을 찾을 때가 있는데 고영, 박지웅, 채풍묵, 김요일, 박완호, 우대식, 이창수, 조현석 등이 제법 만만찮은 실력을 갖추고 있지요. 가수 뺨치는 노래 실력을 지닌 김요일을 비롯하여 기회가 있을 때마다 뛰어난 가창력을 선보이는 시인들이 꽤 많아요. 정감 넘치는 부산사투리에 음정, 박자를 살짝 무시해가며 매력적인 노래 실력을 뽐내는 김상미와 술자리가 깊어질 때면 무대를 휘저어가며 독보적인 개다리춤 실력을 선보이는 박완호 같은 경우도 빼놓을 수 없겠네요. 시인이 아니면서도 오랫동안 글발의 핵심 선수로 활약해온 선수로는 탁월한 개인기와 스피드를 지닌 공격수 신준봉 중앙일보 기자, 넓은 시야와 뛰어난 개인기를 바탕으로 경기를 주도하는 서영채 평론가, 축구와 야구 등 다양한 종목에서 남다른 운동 능력을 뽐내고 있는 김요안 평론가, 드리블과 슈팅은 물론 남다른 시야를 바탕으로 선수급의 축구 실력을 펼쳐보이는 이대식 작가 등을 들 수 있습니다.

포지션을 기준으로 보면, 단장인 김왕노를 비롯하여 최준, 이장욱, 최치언, 황종권, 김경주, 박지웅, 이대식, 함기석, 이준규, 신준봉 등이 공격을 맡아왔고, 감독인 채풍묵을 비롯하여 서영채, 박정대, 김중식, 우대식, 김요안, 윤승천, 이시백, 고영민, 고찬규, 김광호, 차성환 등이 미드필더를 고영, 조현석, 최영규, 박완호, 박해람, 이창수, 이진욱, 이철경, 이상윤 등이 수비를 맡아왔다고 할 수 있겠네요. 축구 모임을 시작할 무렵 수문장을 맡은 김정수는 다소 전력이 모자라는 팀 사정상 상대의 공격에 시달릴 수밖에 없었는데요. 그 시절 뛰어난 순발력을 바탕으로 거듭되는 상대의 슈팅을 잘 막아내곤 했지요. 김정수와 더불어 글발의 원조 골키퍼라 할 수 있는 전윤호는 크고 작은 부상에 시달리면서도 오랫동안 우리의 후방을 듬직하게 책임져왔는데, 경기 안산 조기축구회에서 쌓은 실력을 바탕으로 경기 때마다 놀라운 선방을 펼쳐 보이는 서수찬과 서로 주전임을 내세우며 치열한 신경전을 벌이는 중입니다. 전윤호가 큰 키에 어울리게 공중볼에 강한 편이라면 서수찬은 골대 구석까지 커버해내는 순발력이 돋보이는 편입니다.

예전에는 글발 모임 때 아이들이 아빠의 손을 잡고 나오는 경우도 종종 있었는데, 전윤호, 박정대, 박완호, 김정수 등과 함께 참석해서 김상미, 구순희, 김지헌 등의 귀여움을 독차지하던 어린 꼬마들이 어느덧 서른 살 안팎의 청년이 되었으니 세월의 흐름을 실감하게 됩니다.

그동안 글발은 멀리 섬나라 제주, 강원 춘천과 원주, 정선과 고성, 남도의 광주, 보성과 하동, 경상도 포항과 안동 함양, 충청도 제천과 단양, 파주 국가대표 트레이닝센터 등 전국 각지를 다니면서 그곳의 문인들과 친선 경기를 해왔는데요. 춘천의 고슴도치섬에서 시동인 A4와 공을 차고 나서 피곤한 몸으로 차를 끌고 나선 채풍묵이 집으로 향하던 중 도로 위에서 깜빡 잠이 들어버린 일은 두고두고 이야깃거리가 되고 있습니다. 그날 밤 "영서 다 나와!"라는 한마디로 좌중을 울고 웃기게 만든 강릉 출신의 박해람은 그때부터 '용인휘발유'라는 별명을 얻었는데, 전각에서부터 붓글씨, 목공, 사진 등 여러 분야에서 전문가의 솜씨를 발휘할 만큼 다재다능한 재주를 지녔지요. 그러고 보니 채풍묵은 몇 년 뒤에도 강원도 고성에서 축구 경기 후 뒤풀이를 갖던 중 바닷물에 뛰어들어 모두를 놀라게 한 적도 있네요. 지금은 오랜 교직생활을 마치고 스페인에서 고된 유학(?) 생활을 이어가고 있습니다.

글발과 함께한 멋진 팀들 : 연분홍, 포우, 말발 등

공 선생 : 최근에는 어떤 팀들과 축구 경기를 하는지, 어느 운동장에서 만나는지 글발과 어울리는 팀들에 대해 알고 싶네요.

글 선생 : 글발을 불러주는 팀이라면 어느 팀이라도 환영이지요. 그동안 전남 보성, 강원 고성, 강원 원주, 충북 제천 등 여러 지역을 다니면서 그곳에 있는 문인이나 국어국문과나 문예창작과 학생들과 축구 경기를 해왔는데, 그 중에서도 경북 포항에 둥지를 틀고 있는 '연분홍축구'팀이 가장 인상적이었던 것 같아요. 글발과 마찬가지로 시인축구단이라 불러도

좋을 연분홍축구단은 포항 인근에 살면서 활발한 작품활동을 펼치고 있는 시인들이 다수 포함되어 있습니다. 권선희 시인이 여자 단장을 맡고 있는데 글발의 회원이기도 한 고영민을 비롯하여 이종암 같은 시인들이 주축으로 활약하고 있지요. 오래 전 연분홍의 초청을 받아 포항에서 첫 친선 경기를 한 후로 서로 함양, 하동, 영월 등에서 만나 여러 차례 뜻깊은 경기를 가져왔습니다. 문학이라는 공감대를 지닌 글발과 연분홍의 동행은 앞으로도 꽤 오랫동안 이어질 것으로 기대됩니다.

'포우'는 포항고등학교 출신인 김왕노 시인의 모교 동문이 모여 활동하는 축구팀이고, '말발' 또한 김왕노 시인이 재직하는 초등학교 선생들이 모여 만든 팀인데 둘 다 상당한 실력을 갖추고 있어서 배울 점이 많은 것은 물론 글발에 자극을 주는 등 여러 모로 도움이 되는 팀이라고 할 수 있습니다. 얼마 전부터 박지웅이 우대식의 지역구라도 할 만한 경기도 오산에 정착하면서 그곳의 진위천 근처에 있는 축구경기장에서 인근 지역의 조기축구회 팀과 정기적으로 만나 경기를 해왔는데요. 지금은 코로나19 탓에 만나지 못하고 있지만, 곧 다시 만나서 경기를 재개할 수 있으리라 기대하고 있습니다.

젊어진 보폭으로 더 멀리

공 선생 : 서른 살이 된 글발은 앞으로 어떤 행보를 이어가게 될까요? 글발을 아는 분이라면 누구나 궁금해할 텐데, 이 자리에서 간단하게라도 글발의 청사진을 밝혀주면 좋겠습니다.

글 선생 : 어느덧 서른 살이 된 글발은 창단 30년을 맞아 『사랑을 말하다』, 『토요일이면 지구를 걷어차고 싶다』에 이어 세 번째 앤솔러지를 엮는 한편, 젊은 시인들이 주축이 된 새로운

도약을 꿈꾸고 있습니다. 창단 초기 서른 살 안팎이던 시인들은 어느덧 환갑 안팎의 중년이 되었고, 지금은 다시 삼사십 대의 젊은 시인들이 주축이 되어 글발의 새로운 역사를 써나가야 할 때니까요. 한때 운동장을 펄펄 날아다니는 사람들이 이제는 중년을 훌쩍 넘어선 나이 탓에 마음과 달리 예전만큼의 체력과 기량을 펼치지 못하는 게 사실이기도 하고요. 후배라 할 수 있는 고영민, 박지웅을 비롯하여 황종권, 김광호, 최세라, 석민재 등이 기둥 역할을 하면서 앞으로 젊은 시인들을 꾸준히 받아들여가며 글발의 새로운 행보를 멋지게 이어가게 될 것으로 기대합니다.

공 선생 : 글발의 시인들은 저마다 개성 넘치는 시 세계를 바탕으로 활발한 작품 활동을 이어가면서도, 글발의 선수로 만날 때는 좀처럼 시에 관한 이야기를 나누지 않는 편이라고 들었습니다. 시인축구단 글발이 시를 나누는 방식을 어떻게 설명할 수 있을까요?

글 선생 : 글발의 시인들은 평소 서로의 작품을 열심히 찾아 읽어가며 누구보다도 깊이 있는 문학적 교류를 나누고 있습니다. 운동장에서 얼굴을 마주할 때는 물론 잡지나 시집 등을 통해 서로의 작품을 만날 때도 시적 자극을 주고받으며 각자의 길을 열심히 걸어가는 거지요. 단지 축구를 하기 위해 운동장에서 만날 때는 시에 관한 대화를 자제하려 애쓰는 거지요. 누가 뭐라고 하기 전에 처음부터 자연스럽게 그런 문화가 만들어진 것 같습니다. 이심전심이라고 해야 할까요. 시라는 말을 굳이 입에 올리지 않더라도, 속으로는 끊임없이 문학적 교류를 나누는 중이라고 생각하면 되겠지요. 누가 시집을 내거나, 문학상이라도 받게 되면 모두 한자리에 모여 진심으로 축

하해주는 것은 글발의 오랜 전통 가운데 하나입니다.

공 선생과 글 선생의 대화는 더 길게 이어지겠지만, 여기서는 이 정도로 간단히 이야기를 끝맺어야 할 것 같네요. '공[球]'과 '글[詩]'이 하나가 되어 만나는 순간, '글발'의 뜻깊은 활약이 펼쳐지기 시작합니다. 지금이 바로 그 순간이 아닐까요.
"시詩-발, 글-발, 파이팅!"

글발과 나,
시와 축구

신준봉

1967년 청주 출생. 1993
년 중앙일보 입사. 중앙
SUNDAY 문학출판 담당.
축구, 문학, 그림을 사랑
함.

신준봉/ 중앙SUNDAY 기자

최후통첩처럼 느껴지는 조현석 선배의 원고 독촉이 '삼엄'과
는 거리가 있는 '캬톡' 소리와 함께 경쾌하게 배달됐지만 실은
얄궂었다. 지난 8월 하순의 일이다.

시인이 시를 쓸 때 마주하는 하얀 백지장에서 공포를 느끼는
것처럼 어쭙잖은 신문 나부랭이 글을 써서 밥 벌어먹는 처지지
만 많은 경우 글쓰기는 공포를 유발해서다. (나부랭이 운운은
'자뻑'의 표현이기도 하지만 실존의 표현이기도 하다. 나부랭이
글이 실린 신문은 최장 유통 시간 두세 시간이 지나면 짜장면 포
장지처럼 절반 휴지화되기 십상이다.) 나는 지금 이 글을 생각
이 떠오르는 대로 주저 없이 옮겨 적고 있는데 그러다 보니 만연
체로 쓰고 있다. 두서없는 앞 문장들을 연결하면, 그러니까 글
쓰기 공포 때문에 원고 독촉 캬톡 소리가 얄궂게만 느껴졌다는
엄살 아닌 엄살이다.

글발과 나, 시와 축구. 역시 떠오르는 대로, 나름으로는 신경
써서 글의 제목을 붙여봤지만 이 책에 가득한 시인 선후배님들

의 빼어난 시편들에 필적하거나 어떤 식으로든 그것들을 빛나게 하는 수준에 감히 범접하는 글이 될 리 없다. 그러니까 이 글은 허튼 발문, 발문에 미달하는 말문末文이 될 것이다. (말문이 막힌다.) 그저 흐릿한 기억을 되살려 글발과의 인연, 흐릿하지만 인상 깊었던 지난 장면들을 간추려보고, 그럼으로써 글발 내에서 그동안 희미했던 스스로의 존재감을 다시 한번 각성한 다음, 글발 축구, 그러니까 시인들의 축구라는, 짧은 견문으로는 세계문학사적으로 유례가 없는, 예술과 기예, 정신의 고투와 근육의 시련의 결합이라는 희귀한 시도에 대한 어쭙잖은 인상기를 펼쳐보려 한다.

글발과 인연을 맺은 건 2000년대 초반임이 확실하다. 2002 한일월드컵 직후였을 것이다. 축구를 워낙 좋아해, 그럼에도 불구하고 어쩔 수 없는 만년 동네축구 이력의 실력 신세지만, 어쩔 수 없이 회사에서도 표가 나는 바람에 월드컵을 앞두고 일약 스포츠부로 발탁(아마 스포츠부는 사람들이 선뜻 가려하지 않는 한직이었다는 게 더 진실에 가까울 듯싶다), 2002년 월드컵 취재를 하게 됐다. 스포츠와 문예는 멀지 않다. 실은, 물리적으로 내가 다니는 신문사 편집국에서 스포츠부는 문화부와 이웃하고 있었다. 은근히 곁눈질만 하며 마음에만 두고 있던 문화부에 마침내 입성해 6개월간 출판기자를 거쳐 문학을 담당하게 된 게 2003년 초. '일국의 문학담당'이라는 오만한 농담이 버젓이 유통되던, 지금 생각하면 꿈만 같은 세월이었다. 마냥 근거가 없지는 않은 게 틀림없이 문학은 지금보다 뜨거웠던 것 같으니까.

아마 김요안 형이었던 듯싶다(싶다, 듯하다, 로 할 수밖에 없는 점을 양해해주기 바란다). 아니면 김요일 선배였거나. 형제가 아니라면 기자인 내게 그런 제안을 할 수 있는 사람은 많지 않아 보인다. 희한하게도 공이라는 걸 차는 시인들이 있다네. 축구를 좋아한다며, 한번 나와볼 텐가. 옛날 만화식으로 표현한다면, 말풍선 안에 백열전구 필라멘트 주변이 반짝, 빛을 발하는 순간이었다. 좋아하는 공도 차고, 취재도 하고. 알량한 직업 정신이 웬만큼 작동했던 것 같다.

깃털처럼 가볍게 글발에 발 들일 때는 몰랐다. 머리가 반백이 되도록(실은 올백에 가깝다), 그나마 흰 터럭들마저 아쉬울 정도로 성급한 노화(그러니까 탈모)가 부분적으로 또 급격하게 진행되도록 꼬박 20년을 몸담게 될 줄을 말이다. (신체의 다른 기능은 허리 아래, 허리 위, 아직 정상이라고 믿고 싶다.) 중간에 공백도 몇 년간 있었을 테지만, 버티고 버티다 보니 어쩔 수 없이 글발의 변화를 목격하게 됐다.

20년 전과 비교하면 사람의 변화(들고나는 회원의 변화는 물론 개인의 노쇠도 포함된다), 그에 따른 글발의 전력 변화도 느껴진다. 다분히 편향적이겠지만 생각나는 몇몇 포지션의 인상 깊었던 사람들을 꼽아본다면, 오른쪽 윙 자리에 이장욱 시인이 생각난다. 실은 이장욱은 그 자리가 익숙한 나와 포지션이 겹쳤다. 준수한 주력의 그는 특이하게도 순간적인 감속, 방향전환이 잘 됐다. '치달'(이 용어 모르시나? 치고 달리다가) 후 크로스하던 장면이 실제인 듯 상상인 듯 환영처럼 떠오른다. 공미(공격형 미드필더) 자리에는 역시 한동안 발길을, 지금 이 순간에도 끊고 있는 박정대 시인이 제격이었던 것 같다. 왼쪽 윙은 역시 최치언 시인이다. 그는 평균 이상의 체력과 완력을 역력하게 발

산하고는 했다. 이런 식으로 하면 한때 글발의 얼굴들이었지만 지금은 보기 어렵게 된 회원들의 리스트는 길어진다. 그리고 그런 이들이 빠진 자리는 축구 전력이라면 측면에서만 보면 아쉬울 수밖에 없다. 글발의 전력 변화는 굳이 말 안 해도 뻔히 아는 사실, 전력 약화, 그러니까 선수들의 노쇠화다. 폭탄선언인가.

그런데 이 글을 이렇게 전개해서는 경주마식 경기 결과를 무분별하게 소개하기 바쁜 신문 나부랭이 글과 다름없게 될 우려가 있다. (지금부터는 반어법이다.) 어찌 시인들의 고결한 여가 활용을 단순히 승점을 쌓아올려 리그에서 우승한 후 천문학적인 연봉 인상과 유명세를 노리는, 그래서 천박한 시정의 스포츠에 견주겠는가. 경기장에서 더티플레이를 하는 상대를 만나 분노를 터뜨리거나, 아쉬운 동료들의 플레이에 탄식하거나, 승부의 비정한 현실에 대해 일희일비한다 하더라도 그런 글발 회원들의 인간적인 모습들이 그저 승리에 목마른 얄팍한 성정 때문이 아님을 철석같이 믿고 있다.

경기장 밖에서는 아무리 슬랩스틱 코미디처럼 보여도 경기장 안에서 회원들은 언제나 최선을 다한다. (실은 경기 템포가 밖에 계신 분들은 상상하기 어려울 만큼 빠르다.) 앞서 암시한 것처럼 회원들은 승부에 연연하지도 않는다. 글발 축구 전력의 약화 추세가 분명한 사실이라면 회원들은 실은 차면 기울고 비우고 나면 다시 차오르는 어떤 자연스러운 섭리를 실천하는 예술가들이다. 생물학적 쇠퇴에 따라 오히려 너그러워지고 부드러워지는 길을 스스로 택한 자들 말이다. 그렇지 않고서야 명민함을 믿어 의심치 않는 김상미 전 단장이나 김왕노 단장, 지금은 누가 맡고 있는지 확실치 않은 총무가 당장 글발 전력 보강에 나서지 않는 이유를 설명할 길이 없다. 경기장 안의 우대식, 박완호 시인(그 밖에 많다), 경기장 밖에서 소주잔을 기울이는 백인덕 시인과 그 옆의 신수현, 김지헌, 최세라, 정병근 시인(역시 그 밖에 많다)은 오늘도 공 차고 응원하는 데 최선을 다하느라 여념이 없다.

다시 정색으로 돌아와 말한다면, 시인들의 축구, 축구하는 시인들은 내게는 끝내 잘 풀리지 않는 미스터리의 영역이었다. 그리고 살짝 과장을 보탠다면 그들은 경이로운 존재들이다. 공 차는 시인들 말이다.

먼저 미스터리. 시인들은 왜 공을 차는가. 이런 궁금증은 정체성에 대한 추측으로 번지기 십상이다. 시인은 어떤 사람들이고, 축구는 뭔가. 축구야 명확하다. 한낱 경기일 뿐이니까. 축구룰과 룰의 발전 역사, 경기 패턴의 변천사를 인터넷 검색으로도 얼마든지 말해볼 수 있다. 시인에 대한 정의는 쉽지 않다. 시인 숫자만큼 존재한다는 시론詩論 만큼이나 시인이 어떤 존재인지 확정짓기 어렵지 않을까. 가령 누군가의 울음을 대신 우는 사람인가? 아니면 말 갖고 장난치기 좋아하는 사람? 그것도 아니라면 상처든 치욕이든 제 안의 것들을 분출하지 않고는 못 배기는 사람? 정공법이 어렵다면 돌아가는 게 한 방법이다.

슬그머니 글발 축구의 속성이나 효과를 말해보자. 글발 축구는 우선 항간에 잘못 알려져 있는 시인들에 대한 오해를 불식시킨다. 시인들은 이슬을 먹고 사는 존재가 아니다. (참이슬은 좋아한다.) 축구하며 지켜보니 베토벤 같은 머리를 한 채 무언가를 쥐어짜내는 전통 예술가상과도 거리가 있었다. 평범을 눈곱

만큼도 벗어나지 못하는 나처럼, 그러니까 시인 아닌 사람들처럼 시인도 똑같이 울고 웃는다. 화내고 슬퍼한다. 결국 사람이다. 그런데 공을 차고 어쨌든 시를 쓴다. 이런 실상은 시인을 잘 모르는 사람들에게 제대로 알려져야 한다. 그래야 글발 회원들이 쓰는 서정시를 독자들이 부담 갖지 않고 대할 수 있지 않을까. 자기들과 비슷한 사람들이 엮어낸 무엇이 서정시라는 것일 테니 말이다. 역으로 글발은 서정시 대중화의, 이미 서정시 대중화시대가 아니라고 말하기 어렵지만, 프론트러너, 문턱을 낮추는 일등공신이다.

그럼에도 불구하고 경이로운 건 역시 회원들의 시집을 받을 때다. 경기장에서와는, 또 사이드라인에 옹기종기 모여서서 목청껏 응원을 할 때와는 딴판인 면모와 생각이 출판사를 통하거나 직접 서명을 해 기자인 내게 보내오는 시집 안에 들어 있었다. 예외 없이 매혹적이고 대담하고 서늘했다고 말하고 싶다. 시집들 말이다. 내가 맞닥뜨렸던 경이는 경기장에서의 평범함과 시집 안의 비범함, 그 아득한 낙차에서 비롯되는 것일 게다. 그렇다면 이들 앞에서는 몸가짐, 마음가짐을 조심해야 한다. 시간의 두께를 혹은 사태의 복잡함을 단순하고 깊이 있게 꿰뚫어보는 비상한 눈썰미와 이상 감각을 갖춘 이들이 바로 시인축구단 글발 회원들 아닌가. 이들에게 얕잡아보이지 않으려면 말이다.

나를 포함한 글발 회원들은 잊고 있을지 모르지만 시인축구단, 글발은 시와 거리를 두고 나날의 삶을 사는 대부분의 사람들에게는 여전히 신선하게 느껴지는 듯하다. 글발에서 공 찬다고,

공 차고 응원하는 시인들 모임이라고, 구호가 씨발 글발이라고. 이런 단순한 레퍼토리만으로 최소한 5분은 상대를 즐겁게 해줄 수 있다. 그들 마음속에 시는, 축구와 마찬가지로 즐거운 놀이의 하나로 자리잡고 있음에 틀림없다. 그렇게 글발을 잘 모르는 사람들을 즐겁게 해주는 순간에 임할 때 글발에 대한 나의 애호와 애정은 거의 무한대로 증폭된다. 아니 세상에, 이렇게 즐겁고 무대책인 사람들이 있나.

글발 30주년을 맞아, 또 다른 30년을 위해 힘차게 구호를 외쳐보고 싶다. 쉬발! 글발!

30년 동안 '글발'을 다녀간 발

강 수 고 영 고영민 고찬규 구순희 김경주 김광호 김두안 김상미 김승기 김왕노 김요안
김요일 김점미 김정수 김중식 김지헌 문정영 민병훈 박완호 박정대 박종국 박지웅 박해람
박후기 백인덕 서수찬 서영채 석민재 신수현 신준봉 신현철 윤관영 윤승천 우대식 이대식
이상윤 이성수 이시백 이위발 이장욱 이정주 이준규 이진우 이진욱 이창수 이철경 임종명
장종권 전윤호 정병근 조현석 차성환 채풍묵 최광임 최영규 최창균 최 준 최춘희 최세라
최치언 함기석 함민복 황종권 외

시인축구단 글발 30주년 기념
두 발로 쓰는 시詩

지은이_ 시인축구단 글발
펴낸곳_ 북인
디자인_ 김왕기

1판 1쇄_ 2021년 10월 10일
출판등록번호_ 313 - 2004 - 000111
주소_ 121 - 842 서울 마포구 서교동 467 - 4, 301호
전화_ 02 - 323 - 7767
팩스_ 02 - 323 - 7845

ISBN 979 - 11 - 6512 - 033 - 7 03810